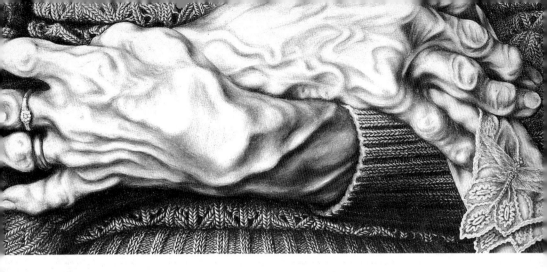

CE 丁天 / 著

上海三联书店

图书在版编目(CIP)数据

脸/丁天 著;一上海:上海三联书店,2005.9
ISBN 7－5426－2181－5

Ⅰ.脸... Ⅱ.丁... Ⅲ.长篇小说－中国－当代 Ⅳ.I247.5

中国版本图书馆 CIP 数椐核字(2005)第 104510 号

脸

著　　者/ 丁　天

策　　划/ 兴　安　李西闽
责任编辑/ 黄　韬
监　　制/ 沈　鹰
封面设计/ 颜　禾
校　　对/ 张述蕴　王　水

出版发行/ 上海三联书店 (200031)
　　　　　中国上海市乌鲁木齐南路 396 弄 10 号
　　　　　http://www.sanlianc.com
　　　　　E－mail:shsanlian@yahoo.com.cn
印　　刷/北京高领印刷有限公司
版　　次/2005 年 10 月第 1 版
印　　次/2005 年 10 月第 1 次印刷
开　　本/710/1000　1/16
字　　数/170 千字
印　　张/14.5
印　　数/1－10000

ISBN 7－5426－2181－5/I・266
定价:19.00 元

1 结伴去猎艳 1

2 死者潘雯 10

3 整过容的女人 13

4 死者尚惜红 20

5 别带她回家 22

6 死者梅露 31

7 我会再来找你的 34

8 死者李凤珠 48

9 血尸 50

10 死者王盈盈 61

11 她真的又来找你了 63

12 死者刘菁 78

13 复活的女僵尸 80

14 穿灰风衣的无脸人 96

15 下一个死者是谁？ 97

16 住在对楼的荡妇 107

17 灰风衣又来送血尸了 121

18 梦游症患者 123

19 黄疸性肝炎 138

20 女人天生爱说慌 152

21 她是来害你的 164

22 最后的死者 180

初版后记 190

附录 恐怖，高潮的阅读体验 丁天 192

我为什么要去搞恐怖 丁天 194

丁天的脸 徐坤 197

丁天就是恐怖小说的料 兴安 199

来自小说深处的尖叫 赵凝 201

一张模仿不了的脸 周江林 203

女人的面孔多多少少都带有一些邪恶和不祥。

在人群中,在数以千计的各种脸型中,有一种女人的脸型意味着真正的邪恶,当它出现在你身边的时候,会给你带来凶事和灾难。

在东方(中国),古代,《麻衣神相》一书的最初始的作者曾在无意间标出过那种意味着恐怖的脸型。后来,他的妻子在丈夫的相书中看到了自己,突然莫名其妙地发了疯,她在某一天夜半杀死了丈夫,然后撕下了书中相关的那一页。

据说,长有那种面相的女人是阴间的勾魂使者,换句话说,那是冥冥中自然的一部分,她们在每一百人中就会有一个。她们负责让那些命该早夭的人早早归去重新。

她们的明显标致是耳后有痣,鹊骨较高,嘴角向下,眉距较常人为远。

　　　　(奥)约克·廷格　十八世纪神秘主义学者

第一章 结伴去猎艳

1

高辉喜欢游泳。

与其说高辉喜欢游泳,不如说他更喜欢看游泳的女人。

穿着三点式泳衣的女人通常不是极美就是极丑。

不幸的是,游泳池周围晃来晃去的躯体以极丑居多。高辉最见不得的就是女人没有胸,其次是女人腰间赘肉太多。

可惜,恰恰在这家游泳俱乐部里活动的大多是这两种女人。

生活的意义就在于它的不完美性。每当一个"无乳肥臀"的女人从高辉眼前闪过时,高辉脑中就会出现这句话。

不过生活既使再不完美,也不应该像这家游泳俱乐部这样不完美得离谱吧?难道世上线条好的女孩真的都不会游泳?或者,我真的是那个守株待兔的傻瓜农夫?

意志不坚定的时候,高辉也会这样扪心自问。

不过,对于这种完全不可能出现猎物的守猎活动,高辉还是自有他的独特认识,在美女如云的地方认识美女总是让人感觉缺少成就感,而从夜总会里带小姐的事高辉也干过几次,很快就让他觉

1

得乏味了。

性爱也应该是一种冒险，一种能带给人意外的游戏才够刺激。

而台姐们总是过于计较交易这种形式了。从前，高辉招妓，每次都幻想能碰上一个与众不同的，而几乎每次都是一样，那些女孩完全没有想像力，除了认钱，她们对这世界上的其他事一无所知。

影视圈里倒是有不少漂亮女孩，作为一直在这个圈子里厮混的编剧，高辉想泡她们倒也不是太难。只是高辉一年前已经泡上了一个，弄来弄去，弄成了高辉的固定女友，在高辉所涉及的小圈子里尽人皆知，想"换听"已然不那么容易了。

好在女友并非和他同居，只是每周有几次来高辉那里过一夜，让高辉也没多少理由非得去了断那种关系。

高辉游完一圈，爬上来躺在长椅上想继续看刚刚看了一半的书，不知为什么，书里的情节一经打断，再续看竟然变得十分乏味了。

算了，就专心看风景吧。如果能等到一个稍能看得过眼的，高辉想，这一晚上就不算虚度了。如果她身边正好没有男伴，高辉一定会立刻行动。

根椐高辉的观察，在他喜欢以游泳作为一种消费活动以来，还从没发现过单身女孩独自来这里玩的。

孤独的人在人群中往往是非常醒目的，至少孤独的人在心理上会觉得自己非常醒目。这种醒目决不是那种可以满足虚荣心的醒目，而是一种实实在在的难受。

所以高辉也从来不独自到这里来。现在，田小军就躺在他的旁边，浴巾搭在肚子上，手里夹着烟，同时，眼睛半睁半眯地往游泳池里看。

"没一个像样的。"田小军说。

"什么？"高辉放下手中用作掩饰的书，明知故问。

"全是一帮老娘们儿，今儿晚上算是没戏了。"

高辉重新拿起书，专心地看了起来。

"没有也好，"高辉说，"有了，哥们儿没准还会紧张呢。"

2

高辉今年三十二岁了。

跟多少女人上过床,高辉已经连自己都记不清楚了。大蜜、小蜜、鸡、吧女、台姐、女制片、女老板、女演员,各种各样的交易以及一夜情。

回想起来,高辉觉得自己的猎艳行为常常失之于滑稽。招妓之后,高辉总是有一种挥之不去的要中镖的感觉,这使得他对自己的女友有很长一段时间不敢过于热情。

常常是女友想要,而高辉一味躲闪时,女友就会心知肚明,说:"跟别的女人搞过了吧?"

"你想哪儿去了? 怎么会呢。"高辉说。

"那怎么不会呢? 要不你干嘛不想要我,难道是我不够有魅力了?"女友晃动着腰肢,勾引高辉。

于是高辉尽量调整自己,奋力一战,其实心里怕得不行。

那种"怕"是一种担心。

高辉的女友叫李小洁,是个年仅二十三岁的女孩,高辉实在很难想像出如果女友看到自己"病"了,而"病"又是从高辉那里传来的会做出些什么事情。

其实这种担心倒也完全不必,因为李小洁也是个颇会寻找平衡的女孩,一旦听到了高辉的什么风吹草动的事迹,必会跑到外面平衡一下。

因为双方都没动什么真心思,高辉有时也没觉得那是什么绿帽子。

况且女友是个做演艺行的,高辉更认为她没必要为了自己而真如何如何,从而错失掉一些女演员本可以从容到手的出镜机会。

高辉这种随遇而安的诱妞行动是从他二十七岁时开始的。二

十七以前,高辉有过一次绝对痴情的恋爱。

当然,那次痴恋最后以悲剧收场了。

当高辉下定决心,只愿一生爱一人,今生无悔地向那个女孩求婚时,那个女孩却突然决定离开高辉,转而嫁给了别人。

那个"别人"唯一的优势就是比高辉更有钱。当然,这是高辉单方面的理解。因为他实在想不出一个五十岁上下的台湾人怎么会有其他方面比自己更强。

这件事,高辉从来没有跟朋友们提起过,原因是这种事实在是太常见了,用在电视剧里都算是俗套,而高辉无论如何也不愿意让别人知道自己曾经在那出大俗剧里当过男主人公。

更俗的是,当那个女孩提出跟高辉分手时,高辉还哭了。

是一种撕心裂肺永失我爱的哭法。

哭到眼泪干了,睁开眼睛,才发现女孩早已经走了。

女孩在茶几上给高辉留了张纸条,写道:"你的哭法实在是太丢人了,我只好夺门而出。下回你可千万别再这样了。"

高辉在床上躺了三天。三天里,高辉迷迷糊糊中总是看到女友的脸在自己的眼前晃动,一会儿在嘲笑自己,一会儿又对自己充满同情,有时候那张脸又会变得突然陌生,以一种丑恶的形式把高辉从噩梦中惊醒。

病好之后,高辉果然听话,再也不敢以爱那个女孩的方式来爱别人了。碰到一个让自己动心的女孩,高辉总是一方面往床的方向上应付,一方面用那个女孩留给自己的话提醒自己:

"这回可千万别那样了。"

3

当那两个漂亮女孩走进游泳馆时,高辉和田小军正准备要离开。

是田小军先发现的,他眼睛一亮,跟着就觉得游泳裤一紧。

"那俩妞不错。"田小军捅捅高辉,说。

"还行。"高辉顺着田小军的目光看过去,确实觉得这一晚上算是没白费。

那两个女孩就像是专门给他们预备的。

"你去把她们套过来吧。"田小军渴望地看着高辉。

"先看看情况,等她们游两圈再说。万一她们男朋友们在后面呢,咱俩这体格,冲突起来既没必要,也没什么优势。"

"我操,不会吧?"田小军颇感自尊心受到了伤害,"你会怕这个? 哥们儿可是最不怵打架的,这俩妞算是死定了,越有男朋友哥们儿今晚上还越是得上了。你信吗?"

"说实话,我还真是有点不信。"高辉说着,故意把目光在田小军的一身肥肉上停留了一会儿。

恰好这时,一个体格颇似施瓦辛格的肌肉型男人向那两个女孩走去,三个人站在一起,不知道在说些什么。

"要不然,你去把那哥们儿打跑?"高辉笑着问田小军。

田小军翻翻眼皮,不说话了。

"算了,咱们还是走吧。回家睡觉。"高辉说着站起身。

"真他妈没劲,"田小军叹着气也站起来,"早知道这样我就不跟你丫出来了,什么戏都没有啊你是。"

"什么戏? 我是游泳健身来了,闹了半天你不是为了游泳才来的?"

"甭费话了,隔壁那家咱们桑拿按摩去吧。"

两个人边逗边走,经过那两个女孩身边时,一个女孩转过头看着他们,突然喊了一声:"高辉。"

高辉闻言回头,看看那女孩,脑子里飞快地转了二十来圈,好像是真的不认识。

那个施瓦辛格看看高辉和田小军,又若无其事地转开头四下一通乱瞧,然后端着肩膀走开了。看来,那也是个试图上前套辞的家伙。

"你……认识我吗?"高辉愣了,脸上浮着假笑,问。

"当然,你不是高辉吗?"那个女孩笑着说。

"你是……?"

"我是李萍萍啊。"

"李萍萍?"高辉心里突突乱跳了一阵,还是没想起来。

"往中学里想。"女孩热情洋溢地开导着高辉。

"噢。"高辉拍拍脑门,想起来了,然后就又糊涂了。

"你是李萍萍的妹妹吧?"高辉问。

4

确实,在高辉的中学时代,认识过一个叫李萍萍的女孩。

那时候,高辉上高中二年级,那一年,高辉喜欢上了外校的一个漂亮女孩,叫萧绒。

萧绒比高辉低两级,在离高辉那所学校不远的另一所中学上初三。

好像是在两所学校进行的足球比赛中,高辉认识的萧绒。坐在观众席中,高辉一眼就被萧绒的漂亮外表所吸引了。

比赛进行完后,高辉曾经追上萧绒耍过几句贫嘴,当然,萧绒没搭理高辉。

不过,在高辉当时那个年纪,被女孩冷落并不算什么太丢人的事,而且还往往会因此对那种高傲公主型的女孩更加难以忘怀。

后来高辉常常在放学后去萧绒那所学校的门口去堵萧绒,围追堵截,甜言蜜语,恐惊恫吓,无所不用其极,总之,是想和萧绒交朋友。

萧绒从来不正眼看高辉,高辉越是用心良苦,倒是招得萧绒对他越来越讨厌,若放到现在,肯定会打电话报警,告高辉骚扰了。

李萍萍是萧绒的同学,好朋友。那时候,李萍萍倒是不反感高辉,不但不反感,而且还觉得高辉和萧绒是天生一对,为此,李萍萍常常热心地为高辉和萧绒撮合,一会儿在萧绒面前夸赞一番高辉,一会儿又出主意告诉高辉应该怎么打动萧绒的芳心。

当然,那些主意没帮上高辉多少忙。

高辉不是个太不敏感的人,他当然能够洞察李萍萍对自己和萧绒的这份热心的真正内在动机。

不过,高辉实在不愿意承认这个事实,作为普通朋友,李萍萍完全合格,热情、开朗、无事忙,可作为女朋友,她却实在太走样了。

高辉喜欢的是那种文静、娟秀,带有些书卷气的女孩,比如萧绒。而李萍萍的性格跟这些完全沾不上边。

最主要的原因还是相貌,跟萧绒比起来,李萍萍长得实在是不好看。

扁平脸,小眼睛,塌鼻梁,凸脑门,厚嘴唇,如此等等。女孩的悲哀,李萍萍能赶上的全赶上了。

回想起来高辉也常常觉得奇怪,按理说李萍萍应该是个极度内向、自卑的女孩才对。你凭什么那么自信那么外向那么什么都不怵啊?

最后,李萍萍还是向高辉表达了初恋的爱意。无非是天下的女孩不是都像萧绒那样不解风情,其实高辉还是颇有吸引力的,高辉完全不应该因为被萧绒拒绝就自暴自弃,天涯何处无芳草,远在天边,近在眼前……

高辉一直就不是个多么有原则的人,况且在那个青春期冲动的年代,有个女孩总比没有要好一些。

所以高辉也就没有直接了当地拒绝李萍萍,有一搭没一搭地直到两人差点发生了性关系,高辉才被自己一身冷汗吓醒。

“我不会这辈子就此被这个女孩缠上吧?”高辉觉得那样的话自己可真是太冤了。

还是保持距离吧,还是停留在友情上吧,还是干脆彻底散了吧。

理念归理念,对于当时高辉那样一个处在青春期煎熬的半大

小子来说,"性"毕竟是太有诱惑力了。

不该发生的一切还是发生了。高辉最终还是把李萍萍给"办"了。

事儿一完,高辉就给吓瘫了,真怕李萍萍说那句"我可是你的人了,你要对我负责任"的话。

李萍萍没说,李萍萍说的是:"我知道我配不上你,你心里也别有压力,如果有一天你有了更好的女孩,我会离开你的。"

自己那点儿小心理活动竟然让人一眼就看穿了,高辉脸上心里都觉得挂不住了。使出吃奶的劲儿来掩饰,"没有啊,你怎么会有这种想法呢? 你是个好女孩,很招人喜欢啊。"

哄走李萍萍,高辉恨不得一头撞死。闹了半天,是自己让人家给办了,闹了半天,失去童贞的是自己。

我的童贞为什么不能让一个更有些姿色的女孩或者女人夺走呢?

青春如此残酷。

李萍萍的宽心丸一点儿没管用,压力还是有。天天被噩梦困扰,一闭眼就是李萍萍的脸,比现实中的更难看一点儿,热情劲儿没有了,开朗劲儿也没有了,那张脸上写的尽是冷酷,尽是幽怨,尽是恶毒,尽是被抛弃被凌辱的女性形像……

高辉和李萍萍一共性交三次。一鼓作气,再而衰,三而竭。

三次之后,那个十七岁的漂亮男孩和十五岁的丑陋女孩的心理承受力被彻底的紧张感同时摧毁了。

李萍萍果真变成了一个极度内向、自卑的人,假装看得开的一面完全飞了,怕出事,怕被人知道,该怕的全开始怕了。

"是我对不起你,咱们断了吧,"最后一次,李萍萍这样求高辉,"不是我不喜欢你,是我马上要考高中了,我会想你的,一辈子想你的……"

高辉自然求之不得,心理负担解除了,噩梦不做了,饭也吃得香了,很快就把李萍萍这人给忘了,偶尔会想起来,惊疑地问自己:

"我真的是和那么个女孩做过爱吗? 是不是白日梦? 还是手

淫时的幻想?"

　　然后高辉和本校的一个女孩开始了他自认为的初恋,然后他考上了大学的戏文专业,然后就彻底的真实的把李萍萍这个人和这回事全忘了。

第二章　死者潘雯

1

　　高辉不知道的一件事，在他和初恋情人重逢的这家游泳健身俱乐部里刚刚死过人。

　　死的是一个叫潘雯的女人。

　　发现尸体的是俱乐部的勤杂女工。

　　那天晚上，俱乐部刚刚关门，女工在女更衣室照常打扫卫生，偶然发现墙角放着一个很大的编织袋。

　　她踢了踢，软绵绵的。

　　后来，她忍不住打开了袋子，然后，她就精神失常般地疯喊了起来。

　　里面是一具血尸！

　　一具被剥去了皮取走了内脏的女人的尸体。

　　她瞪着狰狞的眼睛盯着每一个走到她面前的人。事实上，说那是眼睛也是不合理的，她早已经没有了眼睛。

　　有的只是两只血肉模糊的深洞。

她瞪着狰狞的眼睛盯着每一个走到她面前的人。事实上……
她早已经没有了眼睛。有的只是两只血肉模糊的深洞。

2

血尸的身份是事后证明的。

潘雯,28岁,某外企公司职员。

在发现她的尸体前约两个星期,潘雯曾被报失踪。

3

最后一次见到活着的潘雯的是她的两个女同事。

据说,那一天,她们相约来这家游泳馆来健身。换衣服的时候,潘雯还是好好的。因为她的动作较慢,两个女同事换好衣服,说在外面等她。

结果,潘雯没有再出来。

两个女同事曾经回到更衣室去找,里面空空荡荡的,一个人也没有。

一个女同事在警局中回忆说,在她们换好衣服出来时,曾经看到一个穿着灰色风衣留着长发的女人匆匆走进更衣室。

后来,她们再回去寻找潘雯时,也没有再发现那个穿灰色风衣的长发女人。

"我当时就看那个人有些不对劲。"那个女外企职员说。

"怎么不对劲?"警员询问道。

"说不上来,就感受她身上有诡异的气息。"

"对对,"另一个女外企职员补充道:"我也觉得不对劲,她像是个男人。"

"你们看清她的外貌特征了吗?"

11

"没有。"两个女人摇摇头:"我没看到她的脸。只看到了她有一头长发,穿着风衣。"

"多长的长发?"

"过肩。"一个女人说道。

"到腰上。"另一个女人说。

"你们等在门口,那个人和你们擦肩而过,走进更衣室,你们却没有看到她的脸?"

"真的,我们真没看到她的脸。"两个女人认真地回想着。

第三章　整过容的女人

1

"你真的是李萍萍吗?"高辉问。

李萍萍咯咯咯地笑了,说:"你再好好看看。"

"你真不是李萍萍的妹妹?"高辉问。

"我没妹妹。"李萍萍说。

"那你今年得三十了吧?"高辉说。

李萍萍转向她的女伴,笑道:"他这人怎么这样? 一点儿都不顾女人的伤心,一上来就提人家的年纪。"

李萍萍那个漂亮女伴抿嘴笑了。

"不不,你看上去简直像是个二十出头的小女孩。"高辉说。

"这句话我爱听。"李萍萍笑道。

"你的长相也跟我记忆中的完全不一样了。"高辉说道。

"是吗?"李萍萍笑笑,指着她的女伴道,"她的长相你还记得吗?"

高辉转向另外那个女孩,疑惑地问:"她是谁呀?"

"你好好看看嘛。"李萍萍说。

高辉抓抓脑袋,晕了。

"你的初恋情人,萧绒啊。"

"啊?不会吧?"高辉笑了起来,一边仔细看"萧绒",一边在脑子里检索,肯定是开玩笑,肯定是拿我开心,这两女孩肯定是认识我我不认识她们的那种人,想上戏的小演员,哪个酒吧里臭贫过的小丫头……

我操!高辉心里一惊。

想起来,看上去像了,简直就是了,是萧绒,确实。不过才过了十五年嘛,印象总还是有的,完全没错,瓜子脸,大眼睛,小嘴巴。是那种神态,是那种相貌。

"你是萧绒?"高辉有点不知所措了,真是不知道该说什么好了。一下子又回到了中学时代,这十五年的事几乎算是全白经了。

"你好高辉。"萧绒冲高辉笑,伸出了手。

高辉也伸出了手,竟微微有点儿发抖。

2

这家名为"象牙海岸"的游泳俱乐部除了可以游泳,岸上还有台球桌可以打台球,还设有露天座的酒吧,游泳池的另一边门里有芬兰浴,可以蒸桑拿,可以按摩,踩背,一切模仿的就像是真的夏日海边。

只是眼下是冬天,跟真正的夏日海边比起来,这里晃动的被棉衣捂得苍白的躯身就显出了些情色意味。

在冬天营造夏天的氛围,实在是不自然。不过,这里面赤身裸体的人们也就是冲着这种不自然去的。

坐在酒吧座里喝可乐的时候,田小军显得异常兴奋,完全被李萍萍迷住了。高辉心里颇多感慨,为萧绒,也为自己。

田小军领着李萍萍去跳台跳水时,高辉忍不住对萧绒说:"你好像一点儿也没变。"

"不会吧?"萧绒笑道。

"当然,肯定不是那个十五岁的小孩了,不过也实在不像是三十岁的女人,最多也就像是个刚刚大学毕业的女大学生。"

萧绒笑了,说:"其实我的心早已老了。"

"什么意思?"高辉探着脑袋问。

"唉,那些事不说也罢。"

"噢,明白了。"高辉说。

"你明白什么了?"

"结婚了?"

"嗯。"萧绒点点头。

"又离婚了?"

"嗯。"萧绒笑着微微点头。

"确实不说也罢。"高辉点了一支烟,有些想笑。

"笑什么?"萧绒问。

"因为没想到,真是完全没想到。碰到你,在这儿,有些感叹命运的神奇了。"高辉笑道。

萧绒也跟着笑了,笑起来十分甜美的样子。

"你也没怎么变。"萧绒说。

"是吗?"

"要不我们怎么会认出你呢。"

"倒也是。"高辉说着,想起了憋在心里的疑问:"李萍萍可是变化太大了,跟我记忆中的人完全不一样了。"

"是吗? 我倒没觉得,可能是我和她常常见面的缘故吧。"萧绒含笑道。

"不不不,她是哪哪都不一样了,真的。"

"是吗? 我不知道,不知道你会对她从前的样子印象那么深刻,为什么?"

高辉顿时语塞,过了一会儿,说:"可能是我记乱了吧,十五年,真是太遥远了。"

"你还真是没记乱,"萧绒笑道:"她确实是跟从前完全变了个样。"

高辉做出仔细听的样子。

"不过这是个秘密。"萧绒说。

"说说听听。"

萧绒朗声笑了起来,说:"既然是个秘密,当然不能随便说了。"

"求你了,你告诉我吧,我这人受不了别人卖关子。"

"好吧,那你保证不告诉别人。"萧绒严肃地说。

"当然。"

"发誓?"

"发誓。"

"因为李萍萍做过一次彻底的整容手术,在日本做的。"

"完了?"高辉问。

"完了。就这么简单。"

"可是为什么呢? 干嘛她要做整容?"

"其实我也觉得她没必要做,可是她就是不听。女人的悲哀,你懂吗?"

"不懂。"

"因为当时她要嫁人。"

"噢,"高辉点点头,"现在我有点儿懂了。"

"你不懂,"萧绒说:"萍萍当时处了好几个朋友,都吹了,都是些说不清道不明白的原因,后来萍萍自己弄懂了,就是她长得不好看,当她明白这一点的时候,她的精神状态非常不好。"

高辉点点头。

"男人都是色鬼,你同意吗?"萧绒问高辉。

"同意。"高辉点头。

"你倒还算诚实。"萧绒笑起来。

"后来她嫁出去了吗?"

"当然。"

"就是说她现在还有老公?"

"没错。"

"她老公一定很有钱？我想。"

"为什么这么说？"

"想像得出来。既然变得好看了，自然不会随便找个人就嫁喽。"

"说得一点都不错。萍萍的老公生意做得很大，人也很体贴。"

"岁数一定不小了。"高辉笑道。

"你这就是庸俗的想像了。"萧绒也笑了。

"对还是不对吧？"

"没错。"

高辉转头看了看在远处游泳池里成双成对嬉水的田小军和李萍萍，伸手向他们致意了一下。

"我能把李萍萍整过容的事告诉我的那个朋友吗？"高辉说。

"不能。"萧绒说。

"那，我能把李萍萍是有夫之妇这个事实告诉我那个朋友吗？"

"这随你便。"

3

两个小时以后，形势已经非常明朗了。

高辉和萧绒是旧情人重逢，演绎出一些事情当在双方的预料之中。对于高辉来说，萧绒作为一个情感上失意的女人，此时自己的出现，恰到好处，简直得算是天赐良机。

看样子，田小军和李萍萍也基本上是一拍即合。李萍萍虽然容貌上变得漂亮了，本性中那股骚劲却是一点儿没去掉，不但没去掉，而且还随着年龄的增长而愈演愈烈了。

这种女人对田小军那种被动型的男人倒也正合胃口。

当四个人穿好衣服从游泳俱乐部走出来的时候，车辆的安排

也注定了这两组人的重新优化组合。

萧绒是坐李萍萍的"欧宝"来的。

高辉是坐田小军的"捷达"来的。

女人穿衣服的动作总是比男人稍微慢一点儿,在门口等萧绒和李萍萍的时候,高辉开口向田小军借了车钥匙。

田小军没有理由不借给高辉。一方面是哥们儿好不容易开了次口,一方面是田小军当然更想钻进李萍萍的"欧宝"里头。

"我送萧绒吧,"高辉说着,看看李萍萍,故意把话说得像开玩笑,"你不至于不放心吧?"

"我还真是不放心,不过,这也由不得我呀,得看萧绒的意思了。"李萍萍笑道。

萧绒笑着对李萍萍说:"我倒是无所谓,只怕是你希望我腾地儿给别人呢。"说着,萧绒看看田小军,一脸暧昧的样子。

看到萧绒那副惯于风尘的表现,高辉心里微微有种青春远去的伤感。女人毕竟是女人,不再是女孩了。当初那个柔弱、矜持、不解风情的萧绒如今停留在哪年哪月的哪个街角呢?

如果当年的自己,在面对萧绒无数的冷硬拒绝时,会早知道有今天,当初自己会怎么想呢?

这个小问题在某一刹那把高辉绕住了。果然世事弄人?果然聚散随缘?

某一刹那,高辉想到了这样一句话:"我等你等了足足有十五年啊。"

这句话在高辉脑子里一闪而过,如同一道舞台上的追光,放大了当年高辉对萧绒的没来由的喜欢。

那少年最纯真的情感。

"我等你等了足足有十五年啊。"

这句话在高辉脑子里连过了两遍以后,高辉自己遂有点信以为真了,感动得差点没哭了。

在那种情绪里徜徉了好一会儿,高辉才把自己拔出来。

再看萧绒,竟生出些"衣不如新,人不如故"的亲切感。

　　缕缕柔情在心头来回舞动的时候，这些年所受的委屈也一并想了起来，朋友间为了名利的互相出卖和贬损，写完剧本拿不到钱的窘迫和狼狈，只限定编剧对于投资方来说是废纸一张的"不平等条约"，看人脸色，左右讨好，见什么人说什么话，拍马拍到了蹄子上，让人一把胡椒面砸脸上呛回来还不敢咳嗽……

　　一切的一切，所有的阴差阳错，都是因为当年错过了萧绒。

　　想起了《太阳照常升起》里的杰克和勃莱特。

　　想起了《了不起的盖茨比》里的失意情圣盖茨比。

　　想起了《鸳梦重温》和《长别离》。

　　想起了《钢铁是怎样炼成的》保尔和冬妮亚。

　　想起了《美国往事》里的"面条"和黛博拉。

　　想着想着脑子里头就出现了主题歌，《昨天》《随风去吧》《昔日重来》《千万次的问》《再回首》《我心依旧》《花儿为什么这样红》……

　　高辉越想越远，几乎完全走火入魔，犹如性交进行到一半，欲罢不能，非等射了才算是一站。

　　萧绒安静地坐在副驾驶座上，态度安详，一言不发。

　　高辉回过神来的时候，发现自己正在把车往郊区的路上开，目的地是自己刚刚买了没多久的新房子。

第四章　死者尚惜红

1

第二具血尸是距潘雯之死半个月后被发现的。

死者叫尚惜红，女，27岁。是某五星级酒店的大堂经理。

尸体是在一家叫做醉梦夜总会的卫生间内发现的。

一个小姐下班时去上厕所，推开一间阁子间后，发现了尚惜红的血尸挺立在卫生间内，凶狠地盯着她。

那个一片血红的尸体仿佛是要向人迎面扑来似的，吓得那个小姐当时就尿了裤子。

此后几天，她都不能正常说话。

只要有人向她靠近，她就会紧张地喊叫，甚至大声哭泣。

2

最后见到尚惜红的人是那家酒店的总经理张某。张某亦是尚

一个小姐下班时去上厕所。推开一间阁子间后，
发现了尚惜红的血尸挺立在卫生间内……

惜红的情人。

据张某说，那天晚上，尚惜红以加班为由向老公请假，事实上却是和张某去了一家酒吧喝酒。

十二点左右，张某开车送尚惜红回家。

因为怕被老公看到，尚惜红让张某把她送到小区门口停车，然后步行回家。

"那天，有没有什么别的异常情况？"

"没有。"张某想了想，确实地说："每回都是那样，没什么特别的。"

当晚，尚惜红的老公等了尚惜红一夜，尚惜红一直未归。

"你有没有见到……比如，一个穿灰色风衣，留着长发的女人？"

"嗯……"张某想了想："没有。"

片刻，张某道："我想起来了，在酒吧喝酒的时候倒是见过你说的人，穿灰色风衣，一头长发的女人。那个女人一直背身坐在尚惜红的身后，也就是说坐在我的对面。我还多看了她几眼呢。"

"你见到她的脸了吗？"

"没有，一直没有。她是背着我坐的。直到我们走的时候，她还坐在那里呢。结完账往外走的时候，我本来想回头看她一眼的，可是，我一回头，却发现那个女的竟然已经不在了。我都不知道她是什么时候走的。"

3

失踪的女人。血尸的出现。竟然总是伴随着那么个神秘的穿灰色风衣的长发女人。

第五章　别带她回家

1

"嗯,你去哪儿?"高辉一边开车,一边问萧绒。

"你想带我去哪儿?"萧绒笑着问。

"说实话,这个问题我一直没想。"

"那你在想什么?"

"在想你。"

"别想我了。"

"不想你我就不知道该想什么了。"

"想想去哪儿的问题吧。"

"你不用回家吗?"高辉问。

"遇到你,可以破一次例。"

"真的是离了婚了?"

"这个问题说起来没意思,以后告诉你好吗?"

"你有小孩吗?"

萧绒没有回答高辉,把脸转向了车窗外面。时间已经过了午夜,这城市犹如一座荒凉的废墟。

"对不起,随便瞎问问。"高辉说。

"没关系,我知道。"

"要不,去我那儿坐坐?"

"你本来不就是在往你哪儿开吗?"萧绒面无表情地说。

高辉不再开口说话了。

有点意思了,高辉心想,这些年,所有带回家的女人中这回肯定最有意思。因为高辉本意是根本不想往家里带的,一切全都是下意识的,竟然对方也就顺水推舟了。

一个我曾经糊里糊涂喜欢过,但又完全不了解的几近陌生的女人。

2

"你自己买的房子?"过了一会儿,萧绒开口问道。

"对,"高辉看着眼前的路面,说,"就是远点儿,图个便宜。"

"哪个小区?"

"凌云花园。"

"凌云花园?"萧绒看看高辉,略带些惊讶地问。

"怎么了? 有问题吗?"高辉说。

"没什么。"萧绒笑笑,然后从坤包里拿出一盒女士香烟,点上一支,独自抽了起来。

"没想到。说实话,我真的没想到。"高辉笑着说。

"什么没想到?"

"我真的没想到今天会碰到你。你呢?"

"说实话?"萧绒看看高辉,神态暧昧地笑笑。

"难道你会想到我们今晚会在一起?"

萧绒吐了一口烟,说:"怎么说呢,我当然不会想到,不过,最近这段日子我倒是常常会想起你,所以一见到你也觉得有点不可思

23

议。"

"常想起我？真的假的？骗我吧？"

"没错,是在骗你。"萧绒说着,叹了一口气。

"真的假的？你怎么会想起我？当初你对我那么反感的样子,我觉得你应该完全把我忘了才对,这才合情合理,我就忘了当初追求过我,我又根本不喜欢的那些女生了。"

萧绒笑了,说:"有件事你可能一直不知道,其实当初我挺喜欢你的。"

"这回是真的假的？我不明白。"高辉把一只手从方向盘上拿下来,抓抓脑袋。

"其实这么些年来我一直都会想起你,"萧绒说,"稍微长大一点儿后,有了真正的初恋,到了年纪后的那种正正经经的恋爱,甚至后来结婚,嫁人……"

"天呐？怎么会?"高辉笑了一声。

"我后来每一次恋爱都会想起你,我觉得你当初是真的很喜欢我,应该说,那是我这辈子第一次,也是最强烈地感觉到有另外一个人在喜欢自己……"

高辉不知道该说什么好了。沉默了一会儿,高辉认真地说:"你也是我第一个真正喜欢上的异性。"

"我知道。"

"你和李萍萍一直这么要好么?"高辉问。

"怎么了?"

"随便问问,只是觉得奇怪。十几年过去了,按理说,小时候的朋友早就应该各奔西东了。"

"我们初中毕业后各自考上了不同的高中。初三那一段,不知为什么,也可能是忙于应付考试的缘故,两个人在一起,也没有从前那么多话了,上高中后干脆就没了联系,直到前两年,我们也是偶尔碰上才找回了从前好朋友的感觉。"

"原来如此。"

"不过人长大了,也不可能像从前那样无拘无束地说话了,只不过是无聊的时候约好了一起出来玩呀，逛逛街什么的。"

高辉点点头，心里觉得踏实了一点儿。自己和李萍萍那一段往事，也许李萍萍早已经忘记了。

最好是大家都忘了。高辉想。

两个人彼此沉默了一会儿，像在各自想各自的心事。

"还不到?"萧绒没话找话地问道。

"确实是有点儿远。"

"算了，闲着也是闲着，给你讲个笑话吧?"

"行，最好是我没听过的。"高辉笑话还没听到，人已经先笑了起来。

"这是件真事，说的是有一个出租车司机晚上拉了个女鬼的事。"萧绒看了眼高辉，把车内一直轻轻开着的音响关了。

"喂，这是笑话吗? 鬼故事就别讲了，这点儿讲鬼容易把鬼招来。"

萧绒笑着拍拍高辉的肩膀，说："你老老实实听着啊，说有个出租车司机晚上出来揽活儿，都半夜一点了，见一女的在空旷的街边招手，穿一身白衣服，还提一黑皮包，本来想不停的，略一犹豫，习惯性地还是踩了刹车。车一停司机立刻就后悔了，那女的那哪儿是人啊? 脸长得那叫一个寒碜，那叫一个惨不忍睹，长得难看不说，还面无表情。司机问了，去哪儿啊? 那女的一报地名，那声儿，像猫爪子挠玻璃似的，那叫一个难听，这都不说了，那女的报的那地名也特偏，郊区，司机是真不想去，怎么应付说去不了要收工回家了什么的，女人都不答应，说只要拒载，人家就要去告。没辙，司机硬着头皮开车上路了。一路上心里这叫一嘀咕，这女的什么人啊? 怎么这么邪啊? 我怎么这眼皮直跳啊? 想着想着，抬头反光镜朝后一看，没看见那女的，这下司机心里毛了，跟后面说话，没人应。夯着胆子，司机停了车，趴座位上扭头一看，你猜怎么着?"

"怎么了?"高辉问。

"后面没人，只有那只黑皮包。这一下那司机可是真惊了，人去哪儿了? 丢下这么大个一黑皮包里面是什么啊? 照这路子一

想,司机魂儿都快飞了,赶紧把车开车队报告去了。到了车队,等哥们儿们聚多了才敢把那黑包哆哆嗦嗦给打开,你猜包里是什么?"

"一堆头发?"

"不是。"

"难道是人皮不成?"

"差不多。是衣服,女人穿的衣服。"

"这有什么呀?"

"是没什么,可那衣服跟那女的身上穿的一模一样,好几套。同事们安慰了那司机几句,司机回家找老婆睡觉去了,可这事儿司机还是没整明白。晚上那司机是再也不敢扫街寻活儿了,改白天了。两天后,那司机正拉着活儿呢,车队把他给呼回去了,到了车队一看,人那女的来告他了,说:我刚把包往后座一放,关上车门,正想坐前座呢,你可倒好,把车飞似的给开跑了,你是成心要抢我的包是不是?我这包里都是准备第二天上摊卖的衣服,就靠这养家呢。"

高辉乐了。

萧绒自己也跟着乐。乐了一会儿,萧绒不笑了,表情严肃地问高辉:"你相信这世上有鬼吗?"

高辉心里微微有些怔,他看看萧绒,说:"不信。"

"如果有一天,真有鬼出现在你面前,你会怎么样?"

"嗯,"高辉想想,说,"当然是男鬼杀之,女鬼纳之了。"

"胆够大的,"萧绒笑道,"女鬼你都敢纳,要知道,从来都是女鬼最厉。"

"这我倒不知道,为什么?"

萧绒咯咯地笑起来,说:"因为女人心最毒啊,做了鬼当然厉了。"

"原来这样,"高辉笑了,问萧绒:"你的心毒吗?"

"以后你可以自己慢慢感觉。"萧绒说。

3

"凌云花园"是一个规模很大的小区,有别墅,也有普通的公寓。

别墅区和普通公寓区是分开的。不知为什么,在两个区的连接处,中间隔了一道铁丝网。

高辉买的是那种三室一厅的住宅楼。因为小区尚在开发中,许多楼还没有卖出去。

高辉所在的那栋楼刚刚建成还没多久,虽然据小区物业管理人员说,那栋楼的房子都已卖了出去,可事实上,实际的住户却很少。

高辉曾经数过一次,晚上,除了高辉自己家里亮着灯,全楼里几乎漆黑一片。根本没有住人。

为此,高辉特意制做了一种特别厚的绒布窗帘,希望完全能遮住自己家里发出的灯光。

因为从楼下望去,自己那里发出的灯光实在是太显眼,也太孤单了。

高辉把车停在楼前,对萧绒说:"到了。"

萧绒看看车窗外,说:"这也实在太荒凉了。"

"没事,住惯了就好了。"高辉安慰她说。

"你一直在这儿住? 多久了?"萧绒下了车,问高辉。

"没多长时间,"高辉说,"我也不是经常在这儿住,只是偶尔来这里,平常一般我住在城里,我父亲那儿。"

"噢,明白了。"萧绒说。

"明白什么了?"

"你一般只带女孩回这里。"

"嗯……"高辉想了想,觉得自己还是诚实一点儿好,就说,"偶

尔吧。"

"你的艳遇多吗?"

"非常可怜,几乎没人愿意跟我到这么远的地方来。"

萧绒笑了,她挽起高辉的胳膊,说:"是不是只有我才这么傻。"

"算是吧。"

高辉掏钥匙开门的时候,萧绒说:"整个单元只住着你一户是吗?"

"你怎么知道?"高辉回头,问道。

"因为一路走上来,只有你这里装了防盗门。"

"你倒挺有观察力的,"高辉说,"不过,确实没错。"

萧绒拍拍高辉的后背,说:"如果你对门的那家,门突然开了,走出来一个人是什么感觉?"

"那太吓人了,"高辉说着打开了门,用手摸索着,弄亮了客厅里的灯。

"到地方了,进来吧。"高辉说。

萧绒站在门口没动,她面无表情地看着高辉。

"怎么了? 进来啊。"高辉鼓励地对萧绒说。

"我不敢进去,我想回家了。"萧绒说。

"怎么了? 怕什么?"高辉皱皱眉头。

萧绒的神情非常紧张,她咬了咬嘴唇,似乎是下了很大的决心,说:"你不会后悔吧?"

高辉愣了,问:"什么意思?"

"我怕我一进去,就会做出让我们都会后悔的事情。"

高辉笑了,他柔声地对萧绒说:"只要跟你在一起,无论有什么事情出现,我都不会后悔的。"

4

高辉的房子布置得非常简洁,因为不常在这里住,所以除了必备的家具,整个房子几乎感觉不出有多少因为凡俗生活而带来的烟火气。

萧绒在屋里转了两圈,把目光放在了高辉床头的一张照片上。

"这是你的女朋友还是老婆?"萧绒问。

"嗯……"高辉想了想,说,"算是女朋友吧。"

萧绒笑了,说:"干嘛说算是? 是就是嘛。"

高辉自嘲地笑笑,说:"就那么回事。"

萧绒拿起镜框仔细地端详了一会儿镜中人,由衷地赞道:"长得挺漂亮的。"

"就那么回事。"高辉从萧绒手中夺走镜框,放回到桌上。

"她是干什么的? 演员吧?"

"你怎么知道?"

"干你这行的,我想平时接触最多的应该就是女演员了。"

"嗯,算是吧。"高辉在床上坐下来,低头点了一支烟。

萧绒看看高辉,也在床头的梳妆台前坐下,她看了看镜中的自己,扭头对高辉说:"你紧张吗?"

高辉摇摇头,但他心里确实有点紧张。那种因为兴奋而起的紧张。

"我干嘛要紧张?"高辉控制了一下自己体内的冲动,故做轻松地对萧绒笑笑。

"万一你女朋友这时候回来了呢?"

"那不可能,"高辉说,"她并没有和我同居,况且现在她在拍戏,住在剧组里。"

"那也不能排除她万一会来这里找你的可能呀?"萧绒固执地

追问。

高辉叹了口气，说："确实，有这种可能，而且她从前还真干过这样的事，突然跑来找我。"

"抓到过你吗？"萧绒有些幸灾乐祸地问。

"你想哪去了？她干嘛要抓我？她是来给我惊喜的，我只有在写东西的时候才闷在这里，图个清静。"

萧绒点点头，说："万一她突然来了，打开门看到我们，会出什么事？"

"这怎么了？"高辉装傻，说，"我们并没有干什么呀？"

"如果她打开门时，发现我们是这样呢？"萧绒说着，站了起来，她走到高辉面前，把高辉轻轻推倒在了床上。

萧绒跪在床前，用手轻轻拉开了高辉牛仔裤的拉链。像是烤面包机烤好了一片面包一样，"腾"的一声，面包被弹了出来。

这一下来得太突然了，而且自己竟完全是被动的。高辉感到惊讶之余，被一种莫名但却巨大的快感吞没了。

萧绒抬起头："如果她看到我们在这样，会怎么样？"

高辉站起身，一把抓住萧绒，把她推倒在床上。

第六章　死者梅露

1

　　梅露,21 岁,佳木斯市人。醉梦夜总会的领班。

　　自从在醉梦夜总会的卫生间发现了血尸,醉梦夜总会几乎算是关张了。小姐们全都不敢来这里上班了,小姐们的客人们也不知道被人带到了哪里。

　　梅露是这家夜总会老板的情人。

　　所以,她还坚持上班,同时,尽量鼓励从前的小姐妹们继续来这里赚钱。

　　夜总会的女用卫生间再也没有人敢进去了。

　　老板想了半天主意,最后决定,将女卫生间换成男用的,将男用卫生间换成女用的。也就是说,让客人们用那间死过人的,让小姐们用相对来说有些安全感的。

　　梅露就是在那间改换过来的原男用卫生间内失踪的。

31

2

最初,那名外号叫三和尚的夜总会老板并没有在意梅露的突然失踪,他以为梅露可能没打招呼就开溜了。他知道,那天梅露正好来例假,晚来早走也属正常。

可是另一个小姐却笃定梅露不可能早回去,她一直在等梅露一起打车同行的。

后来,在卫生间内,那个小姐发现了梅露的长裙和鞋子。是上班坐台的性感工作服。而梅露平时所穿的衣服依然放在小姐包房里没有人动过。

梅露的人呢? 竟然就那么赤裸裸地消失了?

三和尚没有报案,一直没有报案。

他一直觉得是有人在暗中害他,害他的生意。他也没让那名小姐张扬梅露失踪的事情。他不想影响他的生意。

3

不可思议的是,梅露做为第三具血尸竟然出现在另一家夜总会——美乐歌舞厅——总经理李某的床上。

李某有个习惯,每周三的晚上都会连威胁带哄骗地让在自家歌厅上班的小姐到他的办公室里免费服务一番。

小姐们都知道,他的办公室里有一张床。一张很大很舒服的床。

那天晚上,李某看上的是十八岁的李凤珠。

李凤珠留着一头长发,说话轻声细语的,是内向型的南方女孩

灰色的大风衣把那具血尸裹的很严实，
只留着一头长发露在风衣的外面……

子。

"珠珠,到我办公室里去等我。有事找你。"

李凤珠不说话,坐着不动。

"去啊。"

李凤珠没好气地回答:"大姨妈来了。"

"你他妈的,二姨妈来了你也得去。哥哥喜欢你的大姨妈。"

李凤珠气得站起来就走。

喝了几杯酒后,李某回到自己的办公室。

出乎他的意料,一向不肯向他就范的李凤珠竟然真的等在他的办公室里,而且不像其他小姐那样是坐着等,而是躺着等。躺在床上。

李某顿时来了兴致。

他悄悄走上前,掀开被子,被子里竟然是一具被一件灰色风衣裹起来的血肉模糊的尸体。

灰色的大风衣把那具血尸裹得很严密,只留着一头长发露在风衣外面。

事后查明,那具血尸不是李凤珠,而是在醉梦夜总会失踪的梅露。

第七章 我会再来找你的

1

"我没想到我们会这样？我这是怎么了？"萧绒喘息着说。

高辉注视着萧绒，没有说话，但心里却升起一种比"性"本身更加令人快意的满足感。

"我们这是不是犯罪？"萧绒一阵尖叫后，仍然喘息着说。

高辉不想说话。此时，他真的希望时光能够倒流，他不是三十二岁，他身下的女人也不是三十岁，他们是十七岁的少年和十五岁的女孩。

"我们不该这样的。"萧绒口中喃喃自语，不一会儿，竟然流出了眼泪。眼泪顺着她的眼角流到了枕巾上。

高辉愣住了。他不得不停下动作，柔声询问："你怎么了？"

"没什么，你继续吧。"萧绒用枕巾蒙住脸。

高辉揭开枕巾，看着萧绒，说："怎么了？真的？"

萧绒冲高辉笑了一下，说："你真的太棒了，我没事，真的没事。"

高辉吻了一下萧绒的泪水，忍不住轻声说了一句："我爱你。"

"我知道，别说这个了。"萧绒说，"我没事，我只是太高兴了而已。"

高辉于是又动作了起来。这时，他忍不住想，如果现在萧绒是那个只有十五岁的小女孩，不知道会怎么样？可能也一样会忍不住哭吧。

想到这里，高辉完全被自己内心涌现的柔情捕捉了。变成了俘虏的高辉在完全交出自己的那一刹那，忍不住想被什么东西狠狠地砸一下。

……

高辉喘息着为自己点了一支烟，烟雾喷出的时候，高辉有一种似乎什么都已看穿的想法。

命。一切都是命运。一切都是烟云。一切都是没有结局的开始。一切都是稍纵即逝的追寻……

高辉想不起这是谁写的诗了，可能是北岛吧？还是谁谁谁的，活着似乎也就是这么回事。高辉想。

萧绒赤裸着从床上站起来，说："我去冲一下。"

"好，卫生间里拧开莲蓬就是热水。"高辉疲倦地躺在床上，看着已经赤脚下地的萧绒。

"喂，回来。"高辉喊了萧绒一声。

萧绒已经走到了卧室的门口，她回过头，说："怎么了？"

"没事，就是想看看你。"高辉说。

萧绒冲高辉笑笑。

"你实在是太美了。"高辉由衷地说。

"真的假的？"萧绒低头看看自己的身体，说，"我老了。"

"不，你看起来竟然像是个十七、八岁的女孩。"高辉说。

"怎么会？"

"真的，不骗你。"

萧绒又走回到床边，坐下来，点了一支烟，默默地抽，像是有什么心事的样子。过了一会儿，萧绒看看高辉，说："我们这样是不是不好？"

"我不这么认为。"高辉说。

"我不介意你有女朋友,可是……"萧绒咬咬嘴唇,说:"可是我有丈夫。"

"你没离婚?"高辉问。

"没有。"萧绒说。

"怎么回事? 说说。跟丈夫感情不好?"

"算了,我不想说了,以后再告诉你,好吗?"

"当然可以。"高辉看着萧绒,笑了笑。

萧绒站起身,突然想起什么似的说:"你写东西用电脑吧? 上网吗?"

"偶尔。"高辉说。

萧绒笑了,说:"以后要是我们不方便见面的话,我们可以在网上聊天,那时候我再仔细给你讲我的故事吧,可以写成一个二十集的电视剧呢。"

"哦? 那样的话,我可发财了。"高辉笑道。

2

天亮以后,萧绒走了。

高辉睁开眼的时候,发现萧绒已经不在了。自己旁边的那床被子已经被整齐地叠好,规规矩矩地放在了床角。

看看表,时间已经快中午了。

高辉赤裸着站起身,打开窗帘,阳光"哗"的一声倾泻进室内,那种力度像是昨夜自己体内激情的决堤。

高辉重新躺回到床上,又仔细地回味了一遍昨夜的温柔与缠绵。为了配合自己的心情,高辉抽了一支烟。

烟雾迷漫开来的时候,高辉似乎重又看到了萧绒那魔鬼般的身材,那些惊叫,那些狂疯而大胆的动作,那种不伦之恋所产生的刺激……

她的丈夫是个什么样的人呢？不知道。

她目前从事的是什么工作呢？哈，竟然也没有问。

怎样再和她联系呢？哇塞，竟然也没有问。

想到这里，高辉微微有些懊恼，整整一晚上，我们都说什么了？想不起来了，只记住了自己的激动，只记住了面对自己的是一个他朝思暮想许久的佳人，其他的竟然全都变得模糊不清了。

事实上，那些东西也根本都不重要，高辉想，重要的是有那么一夜就够了，足以偿还自己青春时期的那种苦苦的单相思了。

看来命运还是很公平的。

不知道田小军和李萍萍发展得怎么样了？也许可以再从李萍萍那里问一些萧绒的情况。

高辉穿上内裤，走进卫生间的时候，吓了一跳。思绪马上被打断了。

卫生间的镜子上被画得乱七八糟，一片猩红的狼籍。

高辉定了定眼神，仔细去看，忍不住笑了。镜面上是用口红写的字，有一个手机的号码，还有一个 E－MEIL 的网址。

围着那些数字和英文字母，是一行写得凌乱的字迹：

"我会再来找你的。"

高辉看了镜面许久，下面忍不住又有些冲动了起来。这个女人，想不到竟然还会这一手。高辉想。

算了，先不擦了，让那些字迹在上面多呆一会儿吧。

洗漱完毕，高辉在厨房里忙活了一会儿，为自己简单准备了点儿早餐，冲了一杯咖啡。

这时候，高辉的手机响了起来。

"喂。"高辉拿起电话。

"艳福不浅啊你。"一个男人的声音直眉瞪眼地闯进了高辉的耳膜。

"嗯？你丫谁呀？"高辉满脑子都是萧绒，没想到会是个男人，立马觉得有点蒙了。马上想到了萧绒的丈夫，不会吧？高辉想，我

不会这么倒霉吧？

"你丫说我是谁呀？跟我装孙子？"

高辉听出来了对方的声音，是陈勇，松了口气，马上训斥对方："操，你丫怎么拿起电话就说话呀？以后说话前先自报家门成吗？"

"连我的声音你都听不出来了？你丫不会做了什么亏心事了吧？"对方一点儿不买高辉的账，继续调侃。

"别操你大爷了，有事说事。"

"听说昨儿你和田小军斩获颇丰？"

"听谁说的？"

"你丫是不是让那小娘们整成弱智了？当然是田小军说的了。"

"操，丫那张嘴可真够大的。"

"赶紧到我这儿来吧，"陈勇说，"一方面汇报工作成绩，一方面咱再把上回的账平了。"

"你跟那哥俩约了吗？"

"都约好了，就差你了。"

"行，马上去。"

3

陈勇打电话给高辉其实是约他去打牌。

高辉、陈勇、田小军和李力，这四个人常常凑在一起打牌。无聊的时候，不打牌消磨时间又去干什么呢。高辉和田小军还喜欢泡妞，可陈勇却除了打牌，连泡妞这种爱好都没有。每每想起这事来，高辉都觉得不可思议。

一个三十大几的男人竟然对女人无甚兴趣。

说起来，他们四个人得算是一个小团伙，制作影视剧方面的小团伙。陈勇是导演，正经电影学院科班出身；田小军开了一家广告公司,找钱是他的拿手好戏;李力的专业是摄像,跟陈勇是同学;高辉作为编剧,写本子自认为是高手。

就这回事,他们四个人组合到一起,是一个小型流水线,四个人共同捧着一只饭碗,相依为命。

因为最近手头没活儿,所以四个人几乎同时"失业",加上陈勇的女友正在跟着别的剧组在拍戏,所以陈勇家里立刻变成了哥们儿的临时俱乐部,只要约上了牌局,几乎都是从下午打到第二天天亮。

高辉到的时候,那哥仨已经等了他半天了。高辉把田小军的车钥匙扔还给他,说了句:"谢了。来的路上给你加了回油。"

"昨儿怎么样?"田小军冲高辉眨眨眼。

"你呢?"高辉反问。

"我们没怎么着,后来我们俩又找了个酒吧,聊了一晚上。"

"不会吧?"高辉笑道,"你觉得李萍萍怎么样?"

"般般。"田小军说。

"那你丫还跟人闲聊什么呀?扑完了走人吧,这才是你丫一惯的风格呀。"

"别别,别这么说,哥们儿还不至于那么流氓。"田小军一边码牌一边自谦道。

"你们都聊什么了?说说听听,提我了吗?"高辉问。

"提你丫干嘛?我们套磁。"

"没提我就行。"高辉笑道。

"等会儿,让我想想,还真提了你一回。"田小军看看高辉,说,"好像是说你买的房子的事。"

"我的房子?李萍萍知道我的房子在哪儿吗?"

"是我提起来的,李萍萍一听,就说你买的那个小区经常闹鬼什么的。不骗你,她说得特认真,好像你那片小区从前是块坟地什么的。"

"别操蛋了,丫怎么知道?"

"她是听萧绒说的,萧绒没跟你说吗?她的房子也是买在凌云

花园的。"

"啊?"高辉愣了,"有这事? 她还真没跟我说。"

"那回头你问她吧。"田小军低头理牌。

高辉有点儿坐不住了,想立刻跟萧绒联系,可惜,她的手机电话以及网址都还写在自家的卫生间镜子上,未带在身边。况且,另外这哥几个都是视打牌为第二事业的主儿,为了一个女人而如此如坐针毡,也确实让朋友们嘲笑,高辉想了半天,忍住了自己的冲动。

萧绒原来也住在凌云花园?

怪不得好像昨晚在开车回家的路上,提到那个小区名,萧绒好像微微一愣呢,当时自己也没怎么在意。

想到这里,高辉突然发觉自己竟然忘记了萧绒的长相了。

那个昨晚和自己共度一宵的女人长什么样来着? 呀! 竟然真的记不起来了。

于是回想他们之间谈话做事的某个细节,偶尔灵光一闪,想起来了,紧接着精神一放松,立刻又想不起来了。

坏了,高辉想,这怕是恋爱的征兆吧。

二十七岁那一年,高辉那次刻骨铭心的恋爱就是那么发生的,只要一扭脸,他就想不起他当时女友的容貌了,于是整天在想,想着想着,就发现自己竟然再也无法失去她了。

于是高辉有意识地不再想萧绒。不过是场一夜情罢了,专心打牌吧。

4

北京远郊的一处影视卫星城里,电视连续剧《玩偶青春》剧组刚刚收工。

女一号罗娟对女二号李小洁说:"今晚上咱们回城怎么样?"

李小洁看看罗娟,笑了起来:"怎么了? 想老公了?"

"偷偷跑回去看看他在干嘛?"罗娟说,"你想不想回去给你那位一个惊喜,想回去我带你。"

"明天的戏怎么办? 一早再赶回来?"

"赶回来呗。"罗娟说,"你那位现在是不是在凌云花园那儿窝着写东西呢? 不是正好顺路嘛,我开车先放下你,明早上再来接你。"

"万一他不在那儿呢? 先打个电话?"

"打什么电话呀? 搞得就是突然袭击,打了电话就没意思了,你不是怕撞上他和别的女人在一起吧?"罗娟取笑李小洁道。

她们都是刚刚二十出头的女孩子,长得甜美,动人。一看就是吃演艺行这碗饭的,有盘有形,但就是给人一种没什么脑子的印象。

"吃了晚饭咱就走吧,我叫你。"罗娟说。

5

"操,哥们儿豁出去了,八万!"在陈勇家里,高辉皱着眉头考虑了半天,终于下定了决心,把手里捏了很久的那张牌扔了出去。

"就是它。"陈勇看看高辉,笑着推了牌。竟然是单砍八万。

牌桌上已经扔了三张八万在里头了。

"操,"高辉叹了口气,道,"扔了八万哥们儿就七对上听了。"

坐高辉对家的田小军哼了一声,挖苦道:"都这时候了你丫还想上听的事呐? 赶紧拆牌打吧。"

下家的李力也跟着开始挤兑高辉:"你丫整个一倒霉催的。"

洗完牌,高辉拿起烟点了一支,喷出的烟雾很快就开始缭绕在了对面田小军的脑袋上。可能是因为不喜欢别人抽烟的烟味,其他三个人也都把烟点了起来。

在烟雾中,有一刻,高辉突然产生了一种奇怪的心理感觉,这三个人似乎突然都变得陌生了。

他们是谁呀？我好像是不认识他们呀？

我是谁呀？我怎么坐这儿了？这是哪儿啊？

恍然间,高辉看到在坐的三个朋友的脸色突然变得像纸一样白了。然后,他们的面目开始模糊,眼睛、鼻子、耳朵慢慢地变成了稀稠的浓汁,正在从那三张白色的面孔上往下流。

高辉定了定神,心里告诫自己:"千万别胡思乱想,这些都是哥们儿。"

手底下,高辉的牌理已经完全乱了。可是眼前却变得正常了。坐在自己眼前的依然是自己的好朋友们,不是陌生人,也不是怪人。

可是精神稍一放松,那种怪念头就又出现了,像是一只讨厌的苍蝇,轰来轰去轰不走,嗡嗡地围着你转。

"他们是谁呀？我是谁呀？"

高辉开始觉得害怕了。今晚上不会出什么事吧？

小学三年级时,高辉有过一次奇怪的经历。当时高辉因为发烧在家休息,他妈妈从单位请了假照顾他。吃过药以后,高辉睡了,醒了以后,他便开始鬼使神差地觉得他似乎不认识他妈妈了。尽管他在心里一遍遍地对自己说:"那就是我妈妈,我知道。"可是在他眼中看到的却完全是另一个陌生的女人。

然后,那个九岁的高辉的想像力便开始刹不住车了,她不是我妈妈,她是化装的,她是另一个人,她别有居心……

一路联想了下去,高辉几乎吓得不敢再闭上眼睛了。奇怪的是,在那种联想汹涌进行时,高辉心里却依然算是清醒,他一边胡乱联想,一边又对自己的母亲充满了内疚。

那种内疚让他非常痛苦。

后来,她母亲接到了一个电话,说是单位有急事要她去。作为医院的护士长,高辉的母亲在自己的儿子和别的病人之间选择了后者。

"好好睡一觉就没事了,妈妈很快就会回来。"她摸摸高辉的头,安抚说。

这时,高辉立刻觉得妈妈这一走就再也不会回来了,他的眼前出现了一堆让人反胃的模糊的血肉。

"别走,会有汽车撞你的。"高辉说。

"小孩子,净胡说。"母亲脸上露出了不悦的表情,她站起身往外走时,嘴里轻声念叨了一句,"这孩子别是脑子烧坏了吧?"

那一天,高辉的母亲果然一走就再也没有回来。在她骑车往医院赶时,一辆卡车在路口把她连人带车轧了个满拧。

多年以来,高辉一直觉得母亲的死跟自己有关,虽然这件事他从没跟任何人提起过,包括他的父亲。

类似这样的事,后来还出现过几次,上到初中时,有一段高辉无论怎样都挥不去那个一直对他很慈祥的班主任老太太要被楼上坠下的重物砸死的念头。

没过多久,那个老太太果然因为抢救一个从高楼上掉下来的儿童而当场被砸得颅骨粉碎。据说,那个老太太异想天开想接住的儿童从十几层楼上掉下来,快接近地面时已重达千斤。

报道班主任事迹的报纸上仔细讲解了关于自由落体和重量增加的科学道理。那些科学道理是怎么回事其实高辉一直都没怎么弄明白,他唯一弄明白的事是:

以后甭管看见谁从楼上掉下来了都别接,赶紧躲远点儿,只要挨上了就得一块死。

那种死法才是名副其实的被人死前拉去了当垫背的呢。

此后,高辉便有些害怕自己的怪念头了。每当他突然发现某个熟人突然在自己眼前变得陌生,高辉总是努力克制自己继续想下去。

这种克制确实也有一定的效果,往往熬过那一会儿,高辉再看什么都正常了。

接下来的四圈牌,高辉就是在那么熬着。

熬的结果是,他把把点炮包庄,已然输了小一千块钱了。

　　可气的是那哥仨还不知道高辉在悄无声息中救了他们的命，还在为高辉烂得出乎道理的手气而幸灾乐祸呢。

　　那劲儿熬过去后，高辉松了一口气。好多年没这样了，今儿是怎么了？

　　这个晚上实在是太怪了，恐怕真是要出事。到底出什么事，高辉想不出来，可就是觉得不对劲，心里有些莫名其妙地发虚。

　　"今儿晚上好像有点儿不对劲呀，哥们儿突然觉得有点儿六神无主。"清醒过来后，高辉对其他三个哥们儿说。

　　"没错，是这感觉，我们输钱的时候也都这样。"李力说完，其他人也都嘿嘿地笑了起来。

　　高辉于是不再说话，闷头理牌。

　　也许没什么事，也许是自己属于那类比较敏感的人罢。过了一会儿，高辉自己安慰自己。

6

　　罗娟把她那辆心爱的本田车停在了高辉楼下，李小洁打开车门时，对罗娟叮嘱道："明儿别忘了早起。"

　　"放心吧，忘不了。"罗娟看看李小洁，笑着说："你真可爱，但愿你老公在家，但愿没别的女人。"

　　"你也是。"李小洁打趣道。

　　"来宝贝，亲亲，"罗娟把脸凑到正要下车的李小洁脸上，亲了两下。

　　"你还得再开一个多小时吧？路上当心。"李小洁说。

　　"没事，晚上用不了那么长时间，明儿见亲爱的。"

7

到了晚上快十点的时候,高辉的牌还是没任何起色。弄得那哥仨觉得再认真打下去几乎是等于在欺负高辉了。

陈勇率先放松了状态,把注意力从牌局中跳了出来。

"白脸。这张绝对不点炮,哥们儿手里就有三张,拆了打了算了,哥们儿也不想和了。"

陈勇扔出牌后,想起什么似的说:"你们知道吗? 最近晚上特乱,已经是第六个女孩被人用相同的手法杀了。"

高辉问:"怎么了?"

陈勇说:"特怪,据说那些女孩的皮都被剥了,手法极为纯熟,都怀疑是屠宰厂专业人士干的,要不然活儿不会那么利落,你想想,在大街上从容地扒下一张人皮来?!"

"哥们儿都想为这事拍一片子了,干这事儿的那孙子一定他妈特逗,也不知丫是为了什么? 那几个女孩互相是一点儿边都不沾,说实在的也挺可惜的,哥们儿前一段到刑警大队想探探这事,那些女孩的照片我看了,生前长得还都挺漂亮的,你说那孙子是为什么?"

"就是变态呗,还能有什么呀?"高辉说。

"操,哥们儿一定得拍这么一片子,绝对牛逼,李力你想想,那画面,操。"陈勇推了牌,沉浸在了他的想像中。

"我看你丫就是一变态。"李力看了陈勇一眼,"晚上讲这事,你丫还让我回家吗? 没准那孙子就是一出租汽车司机呢。"

"你丫这事哪儿听说的? 我怎么不知道?"高辉问。

"喊,能让你知道? 这是绝密,封锁着消息呢,要让老百姓知道了那还不乱了,还不得人心惶惶?"

"什么时候的事?"

45

"就是最近这一两个月的事,哥们儿是通过内部人士得到的消息。"

"你丫吹牛逼呢吧?刑警大队的门朝哪儿开你知道吗?"

"操!"陈勇站了起来,走到书柜前开始翻找,"你们以为我闲着呢?跟你们似的没事就打牌泡妞?哥们儿为了找素材在到处奔走呢。哥们儿一定得拍这么一个吓人一跳的片子。"

陈勇站起身,拿着一摞相片和剪报似的东西扔在了高辉面前。

高辉一翻开那个文件夹,吓得立刻又合上了。那情景实在是太惨了,那几个女孩们完全看不出还是个人来了,血肉模糊成了一片。

"你丫确实是变态了,弄这个。"高辉摁摁太阳穴,道。

"都是在路边发现的,这案子现在正在查着呢。"陈勇说。

这时候,楼道里突然响起了一阵脚步声,咚咚咚地上了楼。

四个人都侧耳去听,李力开了句玩笑:"别是那孙子来了吧?那个杀人狂。"

陈勇脸色都变了,说了句:"操,是我媳妇。"

然后就飞速地用铺桌的毡子来包麻将,包好了就往床下塞,没等活儿做完,罗娟就已经开门进来了。

大家谁都没想到罗娟会突然回来,所以心理上几乎都没任何准备。罗娟最烦陈勇在家招人打牌了,这谁都知道。同时大家也都知道,虽然陈勇在自己的剧组特牛逼,可是不知道为什么,却特怕罗娟。

罗娟今年二十出头,人长得水灵,线条顺得按陈勇的话说:"超一流的身材,不拍三级片都屈才了。"

陈勇看到罗娟时,手里还拎着那一包未及收起的麻将,发了会儿愣,才说:"你怎么回来了?这点儿?"

罗娟撒了个小娇,说:"想你了呗,不行啊?"

然后冲每人都笑笑,说:"玩呢吧,没事你们接着玩吧。"样子是特懂事,特大方的那种。可大家心里都知道,今晚上陈勇的性生活怕是甭想随心所欲了。

于是高辉等三个人不约而同地说:"正要走呢,正要走呢。"

"没事,那咱们就接着玩吧。"陈勇看看哥们儿,强撑着说,"再说咱剧本还没谈完呢。"

"什么剧本啊?"罗娟假装感兴趣地问陈勇,这时候,她已经和陈勇陪高辉他们几人走到了门口。

没等别人回答,陈勇突然想起了那个无中生有的所谓"剧本",认真地冲罗娟说:"你打个电话让我去接你一趟多好,现在晚上不安全你不知道?"

大家都忍不住笑了。

罗娟看看高辉,说:"你也赶紧回你那儿吧,我带着你媳妇一块回来的。把她放你那儿了我才开回来的。"

"啊?"高辉愣了一下,马上想到了萧绒写在卫生间的电话号码,网址和那句话。

坏了。

第八章 死者李凤珠

1

李凤珠的失踪没有引起任何生活在她周围人的警觉。李凤珠和另一个女孩合租一间房子。有一天,李凤珠对室友说,她想回老家去呆几天。

室友回忆说,那天早晨,李凤珠去赶火车,是李凤珠的一个客人朋友来接她的。那个人开着一辆红色的捷达车,等在楼下。李凤珠下楼后,那个人还帮着李凤珠把箱子塞到了后备箱里。

据她回忆,那个人穿着一件灰色的长风衣,是个男人,个儿很高,头发是言承旭的那种发型。

"长得倒是挺帅的,不过,我在楼上往下看,基本上什么都没看清楚。"

他直挺挺地戳在壁柜里，像一件用红色塑料做成的衣服架子。

2

过了一段,那个女孩见李凤珠仍然不归,决定找一个朋友来同住。那个女孩晚上在壁橱里找衣服时,发现了李凤珠的血尸。

她直挺挺地戳在壁橱里,像一件用红色塑料做成的衣服架子。

不同的是,她脸上的肉基本没有了,露了白花花的牙齿,像是在对着人不停地大笑着。

3

"我不知道她是怎么跑到壁橱里去的,我真的什么都不知道!"那两个女孩子在警局里不停地哭泣,不断地重复着这句话。

"你肯定那个穿灰色风衣的人是男人吗?"

"我不知道,我没看清他的脸,虽然他在上车前还冲着楼上张望来着。可是我真的没看清他的脸。也许她是女人吧,我不知道。"

第九章　血尸

1

　　这里面只有田小军有车,现在这点儿只得仗义一点儿送高辉和李力回家了,尽管他可能不大情愿。

　　路上,田小军问:"你们说陈勇他老婆回来干嘛呀? 深更半夜的。"

　　李力说:"这还不清楚,本来那小妞想扫黄,没想到变成了抓赌。"

　　田小军叹口气:"操,这两口子真他妈累,互相都在防着那种,丫陈勇是真没出息,要我,我他妈才不管呢,我他妈就这样,看不惯你丫就走。"

　　李力说:"那样他老婆也不会走,其实是他老婆离不开他,可丫陈勇却总觉得是丫自己离不开他老婆,丫是真没劲。"

　　高辉说:"也是啊,这些年也没见陈勇睡过哪个女演员啊? 除了他媳妇。"

　　田小军愤怒地说:"我操,丫是那么一种人,比古代的那些娘们还奇怪,睡鸡随鸡,睡狗随狗,丫睡完别人,人别人都不当真,完就完了,丫还认真起来了,我跟你说,丫这种人就是除了他老婆,你让丫操别的女人,丫鸡巴都能紧张的挺不起来。你信吗?"

刚说完"你信吗"这三字,田小军突然踩了个急刹车,高辉和李力同时扑向了前面。

高辉的眼镜被撞飞了,眼眶被弄得生疼,忍不住骂道:"我操,你丫干嘛呢?"

田小军脸色煞白地看看高辉:"歇了,撞人了。"

三个人哆哆嗦嗦地下了车,围着那辆破捷达转了三圈,发现什么人也没有。三环路面很空旷,偶尔有辆空的出租车驶过。

"不可能啊,绝对不可能。"田小军站在路上,拍着自己的脑门望着夜空使劲想:"是撞人了呀,没错。我正跟你们说话呢,突然一女人出现在了我车前面,根本来不及了,哥们儿一刹车,那女的就倒下去了。"

"没错,我好像也看到了。"李力冲高辉说:"是有一女的,穿着一身白色的裙子,脸色也特白,那一刹那眼睛瞪特大,是吧? 小军。"

"没错,是白衣服,所以特扎眼,不可能看错。这事真他妈邪了。"田小军说着,竟然趴到了汽车下,去看。

高辉确实是什么也没看到,陪他们紧张了一会儿,说:"你们丫是不是拿我开心呢,行了,赶紧回家吧,哥们儿困着呢。"

"操,"田小军愤怒地瞪高辉一眼:"没事我跟你逗这事干嘛呀? 真他妈邪了,今儿晚上这事。"

说着,田小军拉开车门,上了车。

"你丫跟我急得着吗?"上车后,高辉数落田小军,"你丫这车开得这么不省心,我这坐车的还没跟你急呢你倒跟我急了。"

"不是哥们儿,我不是冲你,"田小军解释,有点歉意:"不过这事是真有点怪。"

高辉开玩笑说:"那你可当心,别是撞了鬼。开着开着车,刹车失灵了,咱仨可都完了。"

田小军一本正经冲高辉道:"我操,哥们儿我求你了,你可别跟

开车的开这种玩笑。真的，我求你了。"

看着田小军那副提心吊胆的样子，高辉忍不住笑了。

李力歪着脑袋想了一会儿，说："我知道了，肯定是有人刚死了，咱们撞的是个魂。"

"魂？什么魂？"高辉问。

"我从前听我奶奶说过这事，她说她见过，说人刚死，魂儿嗖地从身体里飞走了，一路飘，如果是晚上死的，魂得飘一夜，然后才散。这一夜，魂的身形影影绰绰还能被人看见。"

"这么说我放心了，"田小军勉强笑着安慰自己，"只要撞的不是人，哥们儿不用负法律责任就中。"

2

送李力到家后，高辉坐到了副驾驶座上。

"刚才你们真看到一女的了？碰你车上了？"高辉问。

"可不，操，这事先甭想了。太他妈邪了。"

"你丫是不是这几天连夜打牌晕了，眼花了。"

"但愿吧。"田小军说。

高辉想起了萧绒昨夜给自己讲得那个关于出租司机拉女鬼的故事，忍不住给田小军学了遍舌。

田小军被逗乐了。高辉于是又跟着笑了一遍。笑了一会儿，高辉不笑了，问田小军："你把车往哪儿开呀？"

"你不是回家吗？"田小军问。

"你不知道啊？哥们儿现在不跟我爸一起住了，我得回我那儿。"

"我操，也太远了！"田小军面露难色道："哥们儿要是送完你再回来，天可就要亮了。你还是回城里的家吧，顺便看看你爸。"

"不至于那么远，天是肯定亮不了，实在不行你在我那住一晚上，我媳妇不是在那儿呢吗？我怎么着也得过去。"

"跟李小洁打一电话，让她先一人睡算了。"

"刚才我就打了，手机没开，电话占线，操，说实话，就是打通了我也得过去，恐怕就更得过去了。算了，要不，我这儿下车，打车回去算了。"

"算了算了，哥们儿再仗义一回吧，送你过去算了。我要睡你那儿，是不是碍事了？哥们儿这趟风兜得。"

"不害事，有你在正好，昨儿个我跟萧绒的现场还没打扫呢，这让李小洁撞上，哥们儿正不知道该怎么办呢。"

"真的？"田小军看看高辉，由衷地笑了，笑完道，"活该。"

"没事，我倒也不是特在乎，跟李小洁闹掰了也好。"高辉笑道。

一路寂寞，田小军没话找话地跟高辉闲扯："你那边的房子便宜是怎么着？买那么老远的？"

"便宜！确实是真便宜。不过话说回来了？现在的商品房小区哪儿还有近的呀？有！哥们儿是真买不起。哥们儿就打算买个远点儿的，便宜点儿的，剩下的钱置辆车，就这么活着了。"

"你车准备什么时候买啊？"

"快了，这不正在寻摸着呢嘛。"

"寻摸什么呀，快点买了完了，咱们都是穷人，捷达，富康，桑塔纳，实在不行夏利也凑合了，要不以后哥们儿还不得天天送你。"

"别操你大爷了，除了今天你丫哪天送过哥们儿呀？哥们儿坐小公共成不成？哥们打车成不成？夏利？夏利多他妈丢人啊。哥们儿再不济也得买辆切诺基啊。"

"行行，你丫牛逼行了吧。"田小军不想跟高辉抬扛了，呆了会儿，认真地对高辉说："你丫买房子看风水了吗？"

"没。"高辉说，"我看那干嘛？我不信那个呀。"

"不不，这个还是得信，上回哥们儿弄那电影那回就是没求签，弄一半了结果折菜了，赔了他妈多少啊。哥们儿现在特信这些，每回起事前都得至少先烧烧香，拜拜神什么的。"

高辉没搭话。

田小军继续道："哥们认识一个专会看风水的,哪天找来还是给你看看吧。"

"可我房都买了,还看什么呀?"

"那没关系,看了万一不好,还有补救的办法呢,比如哪间做卧室,床头冲什么方向之类的。"

"行,哪天你就给张罗一下这事吧,"高辉说,"别说刚才你碰到的事儿邪,其实哥们儿今儿晚上一晚上了都觉得不对劲,哥们儿其实对有些神啊鬼的事都是假装不信,其实心里也都虚着呢。"

3

田小军把车停好,对高辉说:"算了,我就不上去了吧? 你的事还是你自己处理吧。"

"别呀,"高辉说:"都到家门口了,怎么着你也得上去坐会儿啊。好歹帮我打个圆场。"

"操,除了揭发你丫的,我还能说什么呀?"田小军为难道。

"下车下车,"高辉率先打开车门,嘴里催着田小军:"至少有个外人在场,李小洁不会怎么跟我来劲,先混过这一天再说,没准过几天她就自个忘了这事了,她那人没什么脑子。"

"操,"田小军不情愿地下了车,用电子钥匙"嘟"一声锁了车门。

高辉走到单元门口,摁自家的对讲器,摁了半天,没人应。于是掏钥匙开单元门,门打开后,使劲跺脚大喝。楼道里依然漆黑一片。

"怎么了?"田小军跟在高辉身后,问道。借着外面的月光,高辉只能看到田小军半边脸。

"妈的,声控灯坏了。"高辉说。

"摸着黑上吧。"

"操,昨儿晚上还好好的呢。"

"拿打火机照个亮吧?"田小军说,"这楼道怎么设计的,连个窗户都没有? 今儿我算真正领略到什么叫伸手不见五指了。"

高辉和田小军分别拿出自己的打火机,"啪"一声打着,互相看对方,都觉得对方的面孔有些变形。

高辉走在前面,田小军跟在后面,余光一扫,看到了楼道里堆着一个大麻袋包,就问高辉:"这是你丫装修时候堆这儿的沙子还是水泥呀?"

"什么东西? 我还没装修呢。"高辉说。

"那有一大包。"田小军说。

"甭理它,可能是小区清洁工把拉垃堆那儿了。"

两人走到了三楼,声控灯方才有效了。随着高辉一声大喝,突然而来的光明让两个人同时眼睛一花,然后适应了。

"还是有电好啊。"田小军说。

"谁说不是呢。可是马上也就到家门口了。"高辉说。

屋里没人。高辉发现屋里没人,觉得颇有些不可思议。

"李小洁不在。"高辉说。

"不会气跑了吧?"田小军问。

"没准,不过,她能跑哪儿去啊? 这地方现在根本打不着车。"

高辉把屋里的灯统统撂亮,在卫生间里,高辉看到镜面上萧绒写的字迹依然还在。

"不会李小洁根本没来吧。"看着高辉在屋里兜了三圈磨,田小军觉得有些好笑,忍不住提醒高辉说。

"不会,她来过。"高辉说,"我的电脑开着呢,而且还在网上,我说刚刚怎么打电话占线呢。"

"不会你的电脑一直没关吧,这几天你一直是住这儿的吧?"

"对啊。"

"你丫写起东西来不是有不关电脑的习惯嘛,会不会一直没关啊?"

高辉吸了口气,抓抓脑袋,使劲地想:"我操,你丫这么一说把

我脑子弄乱了,我实在想不起我关没关电脑了? 昨天晚上我就没进这屋,昨儿下午你来接我的时候,我忘了我走时关没关电脑了。"

"那估计是你没关,没事,电脑烧几天坏不了。"

田小军走到卫生间想洗把脸,也看到了萧绒用口红留的通联。

"给萧绒发封电子邮件吧。"田小军说。

"别别,算了,这点儿不合适。"高辉说。

"怎么了?"

"她有丈夫。"

"噢,"田小军点点头,"没事,她丈夫知道什么呀?"

高辉随着田小军走回书房时,发现电脑上竟然打出了一行字:"到楼道里去找我。"

高辉和田小军眼对眼地看了一会儿,高辉像是自言自语地说:"她在楼道里? 不会吧?"

田小军笑了:"你们家这口子也是真疯,够不省心的。"

"咱们上来的时候,没见啊。"

"笨蛋,肯定是咱这层的上面啊。"田小军说。

高辉住在四层,往上还有两层。两个人打开门,一路喊着往五楼和六楼走,没看到李小洁的影子。

面对那些没有住户的空房间,田小军还轻轻地拧了拧门把手,门都是锁着的。

于是两个人又顺着六楼往下走。

到了第二层,还是没有李小洁的影子。

田小军拿出打火机,打着后问高辉:"到楼下去找找吧。"

"操,幸亏哥们儿你跟我在一块,要不这臭丫头还不折腾死我。"高辉说。

"说实话我觉得你媳妇不错,倒是挺有个性的。"

"得了吧,什么个性呀?"高辉说,"就是岁数小不懂事,想想还是成熟女性更适合我一点。"

两个人举着打火机,深一脚浅一脚地往楼下移。

到了底层,田小军站住了,回头对高辉说:"唉,我看那个大麻包里比较可疑，里面装得好像是个人。"

"我操，哥们儿你别吓唬我。"高辉举着打火机，看着被火苗映得变形的田小军的脸。

"别怕，咱哥俩在一块呢。好歹过去看看。"田小军说。

麻包的口没系，田小军的手轻轻推了麻包一下，就感觉出了不对劲，软绵绵的就像是推在了人身上。

这种不对劲的感觉离从手传到脑子里还有一段时间，就在这段时间里，麻包倒了，一绺头发和一个血葫芦似的脑袋"砰"的一声暴露在了高辉和田小军眼前。

当两个人同时看到那个血肉模糊的脑袋上还圆睁着的眼睛时，两个人的眼睛同时闭上了。

高辉的第一反应是跑，腿迈不开，脑袋里嗡嗡直想，眼前闪出了无数火花。

发了一声喊后，腿能迈开了，高辉一个箭步冲了出去。

"当"的一声，高辉的脑袋正撞在单元的铁门上。于是，他心安理得地晕了过去。

4

高辉醒的时候，尸体已经被搬运走了。

一个小警察把高辉扶了起来。高辉先寻摸那个大麻包，没找到，只看到了一帮警察在那里弯着腰不知道在忙活什么。

田小军对一个老警察说："太丢人了，我这哥们儿生是给吓晕了。"

老警察看了高辉一眼，没搭理田小军。

于是又听田小军说："当然，他也可能是伤心的，毕竟死的是她的女朋友啊。"

"有情况呆会儿跟我们回局里反应吧。"老警察略带些厌烦表

情地说。

　　田小军走到高辉面前,安抚性地询问道:"没事吧,哥们儿?"

　　"没事。"高辉有气无力地说。

　　"我也被吓坏了,也真想晕过去,可就是死活晕不过去,尿完裤子我就打了报警电话,"

　　田小军用手摸着自己的心脏说:

　　"足足等了半个多小时他们才来,我躲到车里吓得没快疯了,心脏肯定是出了毛病了,怎么着这事儿过去我也得去趟医院检查一下心脏了。"

5

　　警察们拾缀完现场,又到了高辉的房子里转悠了一圈,简单听了听事情的前因后果,通知高辉和田小军最近这段日子不要离开北京,随叫随到。

　　还了魂的田小军不合时宜地和警察开了句玩笑:"你们不会怀疑是我们干的吧? 那我们可太冤了,你们的思路也就走俗了。"

　　警察听完没理他,只狠狠地瞪了田小军一眼,吓得田小军不敢再随便说话了。

　　当警察看到卫生间萧绒留下的字迹时,问高辉:"这是你女朋友写的吗?"

　　"不是。"高辉脸色苍白地回答。

　　"把这个照下来。"指挥的警察命令他的副手道,"有可能这就是凶手的字迹。"

　　高辉虽然头脑里纷乱如麻,但还是为警察的愚蠢行为在心里忍不住轻声骂了一句:"傻逼,有你们丫这么笨的吗?"

　　"这是……"高辉想了一下,觉得还是向那个笨警察解释一下好,"这是我认识的一个女孩写给我的,昨天晚上我曾经带她回我这里过夜,我想,我的女朋友就是为了这个才从家里跑出去,遇到凶手被害的。"

为首的那个警察眼神复杂地扭头看了高辉很长时间,意思有可能是:"那你可就是活该了,瞎折腾吧,玩吧。"

或者:"如此看来,你对你女友的死负有不可推委的责任。"

天亮的时候,警察们走了。田小军留下来陪了高辉一会儿,问高辉:"你怎么着? 睡这儿,还是回你爸那儿?"

"没事,"高辉摆摆手,"我就在这儿呆着吧。"

"那,我先回去了。"

"好。嗯,这事,先别跟别人说,好吗?"

"怎么了?"

高辉双手摁摁自己的太阳穴,说:"我脑子太乱了,等我缓过来我再跟哥们儿们说这事吧。"

"好的,没问题。"田小军同情地看看高辉,转身想走,到了门口又有点担心高辉的精神状态,忍不住又走回来对朋友说了两句肉麻的话:

"没事哥们儿,你坚强点儿,我们也是经过一些风浪的人了,其实,这也算不了什么,你说呢?"

"我没问题,你放心吧。"高辉感激地看看田小军。

田小军拍拍高辉的肩膀,开门走了。

6

高辉觉得自己困极了,可是他不敢睡觉,一闭上眼睛,脑子里立刻就出现了李小洁死时那张狰狞的面孔。

可是如果不睡觉,高辉觉得自己的精神更要崩溃了。

把放在床头柜的那张李小洁的照片收进了抽屉里,然后又把窗帘全都拉开,把房间弄得通亮,高辉觉得自己在心理上有了一些

安全感。

吃了两片安眠药后,高辉迷迷糊糊地睡着了。

有一刻,好像电话铃响了几遍,高辉觉得自己实在是没力气去接了,就听之任之地让电话去响了。响了十几声后,房间里恢复了安静。

高辉借着那一刻突然而来的安静,踏踏实实地往梦里去了。

当李小洁死时那张完全变形的恐怖面孔再次出现在高辉梦中时,高辉因为极度困倦,已经不愿意从梦中醒来了,他对死去的李小洁像生前他常对待她的那样,带有些命令和不耐烦地说:"行了,别烦人了,让我好好睡一会儿。"

李小洁充满笑意地对高辉说:"我并不想烦你,只想让你吻我一下。"

高辉定定眼睛,发现李小洁竟然变成了萧绒,温柔地看着自己。

"萧绒?你怎么来了?"高辉问。

"想你了,来看看你啊。"萧绒说,"你想不想吻我?"

高辉抱住萧绒,但当他的手刚刚一触摸萧绒的身体,萧绒就不见了,萧绒重新变成了死去的李小洁,浑身血红,睁着临死前那惊恐的眼睛,死死地看着高辉。

吓得高辉惊叫一声,慌忙把那女人从自己怀里往外扔,但那女人一扔出去,却又立刻变回了萧绒的样子。

"你干什么你?"萧绒幽怨地看着高辉:"你不喜欢我了?你变心了?"

几次三番,那两个女人就是那样变来变去的。这个讨厌的梦境弄得高辉几乎欲死不能,生不如死,颇受一番煎熬。

盈在太平间的第七号上躺了只有两天，还没来得及送去火化，她的尸体就不见了……

第十章　死者王盈盈

1

王盈盈的尸体躺在医院太平间的第七号床上。

王盈盈是个某高校的女大学生，她死于车祸。那天半夜，王盈盈在参加了一朋友的生日 PART 后回学校，在过马路时，她的双腿被一辆飞速行驶的墨绿色的神龙富康车压断了，肇事车主驾车逃逸，她是因为失血过多死的。据说，她在学院路上爬了很久，直到天快亮了才慢慢死去。

王盈盈在太平间的第七号床上躺了只有两天，还没来得及送去火化，她的尸体就不见了。

2

一个医院的女护士据说目睹了王盈盈尸体的离奇失踪。

"那天晚上，我值夜班，后来窗口似乎有人影晃动，我就开门去看,结果什么都没发现。等我回到值班室,似乎又感到有人影。是一个穿风衣的长发女人的剪影。我关掉了值班室的灯,趴在窗口向外看,看到了太平间里,两天前送来的那个女孩子从太平间里走了出来。对,就是那个叫王盈盈的女孩子,是她,穿着一件灰色的长风衣,一头长发遮着脸,低着头木木地向医院外面走着。我吓坏了。天亮以后,我跟同事说起这事,相约去太平间去看,果然,王盈盈的那张床位上已然没有人了。一个正当风华的大学生,她死的实在是太冤了。她肯定是不甘心死啊。"

第十一章　她真的又来找你了

1

高辉醒来的时候,天已经黑了。

高辉立刻把屋里的灯全都打开了。然后想到在楼下会看到在这座楼里只有自己这里唯一亮着灯,于是又把厚重的窗帘全都拉上了。

窗帘拉上了,可却总觉得窗帘在动,总觉得窗帘后面有人。

这个时候,高辉后悔了。

原来,真实的自己比预想中的自己,胆子要小得多。

想走,想去找朋友,可现在这个时间,高辉犹豫了。他不敢下楼。

想了半天,觉得还是至少跟朋友们通通话心里踏实。

高辉给陈勇拨了个电话。电话响到高辉已经快绝望的时候,陈勇才接起电话。

"你在干嘛?"高辉问。

"你在干嘛?"陈勇反问,"李小洁呢?"

"李小洁? 你已经知道了?"高辉尽量克制着自己的恐惧感。

"我老婆早上走的时候本来想顺路接她的,往你那打电话怎么着都打不通,李小洁的手机也没开,李小洁去哪儿了? 她们剧组都快急了。"

"李小洁死了。"高辉说。

"操,你丫开玩笑呢还是说真的。"

"她被那个杀手捉到了。"

"哪个杀手?"陈勇莫名其妙地问,"你丫是写剧本写入迷了吧?"

"就是你说的那个杀手,专门杀女人,剥皮的那个。"

"啊? 不会吧?"陈勇大吃一惊。

"发现的时候,田小军也在场,昨晚上回来的时候的事。"

"人呢?"

"被法医抬走了吧可能。"

"我是说凶手呢。"

"没见到凶手。"

陈勇那边沉默了一会儿,显然在思考问题。

"说话呀?"高辉对沉默有点害怕,现在,他需要听听熟悉的声音。

"不会吧,"陈勇仍然一副难以置信的口吻,"我觉得不可思议,罗娟回来的时候是几点? 然后你们走,路上开车也就一个小时的时间,前后加起来两个小时,两个小时剥一张人皮,完全不可能。"

高辉差点没气死,心说,你丫还是人嘛,朋友的女友死了,你丫就这态度? 也不知道安慰哥们儿一下,完全是一副看小报的花边新闻那种津津乐道的姿态。

"我现在有点儿不知如何是好了,"高辉沮丧地说:"没想到这种事会落到自己头上,你让罗娟也当心点儿吧,别以后一个人开车跑了……"

说着说着,高辉有点儿说不下去了,他的声音哽咽了,想起了平时李小洁的可爱之处,想起了她的活泼、大胆,想起了她的天真、清纯……

高辉呜呜地哭了。

"喂喂,哥们儿,你怎么了? 要不要我去找你?"陈勇在电话那头担心地问。

"没事。"高辉擦擦眼泪,说。

陈勇叹了口气,说:"我去看看你吧,太突然了,我也不知道该说什么了,确实是难以置信,就是这四个字,我……我去看看你吧。"

"不用。"高辉说。

"我还是过去一趟吧,"陈勇试探着问:"你可别演戏蒙我。现在,两个人在一起,我想你会觉得好点儿……"

这时候,门铃突然响了起来。

对于高辉来说,这门铃响得太突然了,声音也刺耳了。他几乎浑身上下都哆嗦了一遍,头脑里才反应过来……

有人来了。

"喂喂,你怎么了? 说话呀。"陈勇在电话里催问。

"有人来了,你先别挂电话,我去看一下。"高辉说。

"我操,不会是杀手回来了吧?"陈勇以他做导演的艺术敏锐几乎脱口而出。

2

透过猫眼,高辉看到的是一只巨大的眼睛,吓得魂儿差点没飞了。

再看,才知道,刚刚屋外的人也在透过猫眼妄想往屋里看。

巨大的眼睛渐渐变小,展现在猫眼里的是一个女人的面容。

一个年轻、漂亮的女人。

眼一花,竟然以为是李小洁,仔细一看,没想到却是萧绒。

萧绒? 她怎么来了? 高辉有点莫名其妙。

　　高辉略微一迟疑,走廊里的声控灯灭了。高辉的眼前一片黑暗,心随着就是一紧。

　　门铃声再次响起,声控灯又亮了。高辉看到萧绒略有些失望地望着铁门,然后犹犹豫豫地准备离开了。

　　高辉拿起电话,对着等待的陈勇说:"没事,是熟人。"

　　"噢。"陈勇说。

　　"那我先挂了。"高辉说。

　　"好。"陈勇说完,想起什么似的说,"等等,你告诉我是谁? 对熟人更应该当心。"

　　但高辉已经摁了手机。

3

　　陈勇在接高辉电话的时候,刚刚洗完澡从卫生间出来。开始,他确实有点儿不太相信,心不在焉地听高辉说,半真半假地和高辉逗咳嗽。

　　后来,他听高辉的语气,觉得这事不太像是假的了,惊得一时脑子里有点茫然。等到他觉得应该仔细地问问高辉时,高辉那边却来了人,挂了电话。

　　陈勇有点儿急了,心里骂:"凭什么你丫不知该怎么办好时可以打电话给我? 你丫那边来了熟人就立马挂我电话?"

　　心静下来后,又为高辉有些担心,毕竟是这么些年的哥们儿了,高辉一人住那么偏的地界,来的是谁呀? 别明早上再去给高辉收尸呀。

　　想立刻再给高辉打回去,又觉得自己对整个事情完全没弄清楚前,如此慌张实在是有些没来由。

　　思前想后,陈勇觉得倒是应该立刻给自己的女朋友罗娟打个电话,通知她一声。

罗娟的手机一通,陈勇开口就问:"你还好吧?"

"我没事。"罗娟说。

"高辉说李小洁死了。"

"我已经知道了。"

"啊?"陈勇吃了一惊:"中午你给我打电话的时候不说是还不知道李小洁跑哪儿去了吗?"

"下午警察来过了,来找我问情况的,我是最后一个见到李小洁的人。"

"怎么样?"

"死的人不是李小洁。"罗娟说。

"怎么回事?"

"因为那个女人的皮被整个剥掉了,年纪和体形都和李小洁很像,所以他们弄错了。"罗娟侃侃而谈。

"嗯?"陈勇越听越糊涂。

"那两个警察来调查情况的时候也以为是李小洁来着,问我这问我那的,反正我就把情况一五一十地说了说,怎么开车送她到的高辉那儿,怎么又回的家,后来是那两个警察接到了局里的电话,说经法医认定那个女人并不是李小洁,李小洁的父母去认尸也觉得不像自己的女儿……"

"怎么回事?"陈勇感到自己后背的汗毛有点倒竖了,这引发了他的神经末梢的某种快感。

"反正就不是李小洁呗,"罗娟说:"死的是一个跟谁都不相干的女人。"

"李小洁呢?"

"不知道,失踪了,如果她没在高辉那儿就是失踪了。"

"我操! 亲爱的,"陈勇坐在沙发里,把双腿放在茶几上,兴奋地说:"这事可怪了,李小洁失踪了,死了一个不相干的女人,这事太怪了。"

"就是啊,我们剧组都快炸了,到处都在传这事,估计明天就能见报了,狗仔队们已经回去写稿子了。"

"你要注意安全啊。"陈勇叮嘱罗娟。

"我没事,我在组里人多,你一人在家注意把门锁好,别出去乱跑了。"

"我是男的我怕什么呀?"陈勇满不在乎地说,"这可是第七个被杀的女人了,好像死的全都是女人,这下子这消息可封锁不住了,本来前几个死的都没声张,就怕弄得人心惶惶。罗娟,你可千万别再不打招呼就跑回来了,多悬呐,等你戏拍完了我去接你,听话。"

"知道了。不过,没事,以后得空我白天回去还不行。"

陈勇几乎刚刚放下罗娟的电话,田小军的电话就打了进来。

"喂,给你说件事,你知道就行了,先别告诉别人。"田小军说。

"是不是李小洁死了的事?"陈勇问。

"你怎么知道?"

"我当然知道了,我还知道死的人并不是李小洁,而是另外一个女人。"

"是谁?"

"那我就不知道了。"

陈勇和田小军交换完信息,田小军感叹地说:"真是说什么来什么,正说高辉那儿风水不好呢,没想到就出了这事。"

陈勇不明所以,问:"怎么风水不好?"

田小军说:"这是那天我和高辉泡的那俩妞说的,高辉住的那片小区原来是堆乱坟,附近的老居民都知道一个关于僵尸复活的传说,我那天跟高辉去他那儿,正说给他找个风水先生看看呢。"

陈勇想了想,不以为然地说:"我觉得这事跟鬼呀怪的恐怕还是不沾边吧?"

"怎么不沾边? 你能证明鬼不存在吗? 科学证明不了。再说,你看高辉那楼,多恐怖啊,就住他一户。房地产商为什么把楼卖不出去? 就是因为那地界闹鬼,丫住的整个就是一鬼楼。现在好了,这一出命案,丫那儿又成凶宅了。"

"我靠!"陈勇拍拍脑门说:"刚刚高辉说有人去找他了,我问丫是谁，丫还没告我呢就把电话挂了，不会出事吧？"

4

高辉打开门时，萧绒已经走到了下一层的拐角。

"萧绒！"高辉趴在楼道的护栏上朝下喊。

萧绒抬头看到高辉，露出惊喜的表情，笑了，笑得很清纯。

"你在家啊？我还以为你不在家呢。"萧绒蹬蹬地又跑了上来。

没容高辉再开口，萧绒就扑进了高辉的怀里。

"你怎么来了？进屋说吧。"高辉搂着萧绒退回到屋里，仔细地关了门。

"你怎么来了？"高辉惊喜中带些担忧地问。

"想你了，就过来看看你，还以为你不在家呢。"萧绒笑道。

"你吓死我了。"高辉说。

"怎么了？"萧绒略有些顽皮地笑道，"是不是以为是女鬼敲门呢。"

"那倒不是，"高辉说，"刚出了事。"

"出事？出什么事了？"萧绒问。

高辉看看萧绒，考虑是不是应该把那件那么恐怖的事对这个看起来像是个未经世事的小女孩说，想了半天，觉得还是应该不告诉她为好。

"没什么。"高辉说。

"倒底怎么了？告诉我嘛。"萧绒说。

"一句话说不清楚。"

"是不是你女朋友发现什么蛛丝马迹了？"

"那倒不是，"高辉黯然地说，"我除了你，已经没有什么女朋友了。"

"闹掰了？"萧绒看看高辉，说。

"不提了。"高辉摆摆手,问,"你怎么来了?老公不管你吗?"

"我想出门谁能管得着?"萧绒撅着嘴,装作可爱的样子。

"女孩,还是晚上少出门乱跑,现在晚上不安全。"

萧绒叹了口气,拉下脸来,说:"我现在哪里还能算是女孩?"

"反正在我眼里你永远就是个小女孩,现在应该乖乖地在家里呆着。"

"你让我呆在哪个家里呀?"萧绒不快地反问,"怎么了?你不欢迎我?那我走。"

"不是,"高辉忍不住动情地抱住萧绒,说,"你来得正好,我只是替你担心,你怎么一个人跑来的?"

萧绒挣脱开高辉的怀抱,作出小鸟飞翔的样子,说:"我会飞,一想你,我就飞来了。"

"说真的,你怎么跑来的?这么老远,多让人担心啊。"高辉认真地说。

萧绒恢复严肃,说:"不管多远,我都不在乎,为了能够看到你一眼,怎么样我都不在乎。"

说完,萧绒又小声地说:"我实在是很想你啊。"

"真的吗?"高辉紧紧地抱起萧绒,先前的恐惧感全部消失得无影无踪了,他感动得眼泪都快出来了,说,"我也真的很想你。"

"你是真的吗?"萧绒问。

"真的,当然是真的。"说着,高辉的两行眼泪就"哗"地一下流了出来。

"怎么了?你别哭啊。"萧绒替高辉擦眼睛,惊慌地问,"你怎么了?出什么事了?"

"没什么,我只是很想你,我只是很需要你。"高辉说。

萧绒抱住高辉的头,安慰他说:"别担心,我在这里呢,我在这里呢。"

高辉把头埋进萧绒的胸前,竟然忍不住轻声喊了句:"妈妈。"

经过这两天的这些不愉快的事情,高辉的内心实在是太需要安慰了。自从很小的时候,高辉的妈妈死了以后,高辉一直是和父亲相依为命生活过来的。父亲没有再找别的女人。

其实高辉挺希望父亲能够续弦的,可是不知为什么,父亲在高辉的母亲死后,再也没有动过女人的心思,除了埋头工作,老高更多的闲暇时间便是闭目沉思。

父亲在高辉的心目中只意味一个冰冷的男人。一直以来,高辉都多多少少有点惧怕他的父亲,有事只能自己埋在心里,从不敢,也不愿意和父亲说。

家庭生活因没有女主人而缺少了活气,这种阳盛阴衰的日子使得高辉几乎从稍微懂事一点儿起,就开始了对女人的向往。

在高辉过往的几任女友中,其中有不少女人岁数都比高辉稍微大一点,有时,双方在床上嬉戏时,那些女人都会多少看出高辉对她们母性那一面的向往,把高辉看做一个漂亮的大儿子。

萧绒听到高辉喊自己"妈妈",愣了。她推开高辉,不悦地说:"你这人,怎么乱喊?"

高辉迷茫地抬起头,问:"怎么了?"

"我听了不习惯,你千万别这么瞎叫了,好吗?"

"嗯。"高辉听话地点点头。

"你是一个大男人,知道吗?"

"知道。"

"在我面前,你应该表现出你的强壮,把我当做是一个小女孩。"

"嗯。"高辉表现得仍然像是个小孩子。

"来呀。"萧绒说。

"干什么?"

"占有我。我不是你妈妈,我是你的女人,我是属于你的,来呀。"

5

高辉阳萎了。

当然,是暂时性的阳萎。

高辉努力想摆脱掉各种阴影对自己的影响,可还是无法振作起来。

萧绒表现得很风骚,那种三十岁成熟女人的风骚。

面对萧绒的种种表现,高辉的内心其实充满了澎湃的欲望,可就是身体不听自己内心的指使。

翻来复去地折腾了半天,两个人除了面对面地喘粗气,根本无法进一步开展工作。

萧绒有些气馁了,她盘腿坐了起来,点了一支烟,自顾自地抽了起来。

"说吧,出什么事了?"萧绒问道,语气里没有了从前的温柔,多了一丝凶悍女人的霸气。

"没,没事。"高辉仰面躺着,望着天花板。

萧绒朝高辉那个没出息的小家伙上吐了一口烟,嘴角撇出了嘲讽的笑意,"那你这是怎么了?"

"可能是我太累了吧。"高辉叹息一声,说。

"好吧,那我走了。"萧绒裸着身子,下了地。

"你别走。"高辉坐了起来。

"怎么了?"

"现在都几点了? 这大半夜的你怎么走?"

"这你不用担心。"

"我怎么能不担心?"高辉急道,"这一片不安全的。"

"我知道。"萧绒说,"我不怕的。"

"那不行,你不知道,出了事就晚了。"

"能出什么事?"

"反正你不能走。"高辉抓住萧绒的一只胳膊。

萧绒想甩开高辉的手,高辉真有些担心萧绒会离去了,一方面他不想就这么不明不白地丢失萧绒,另一方面,他也确实为萧绒的安全担心。

这里可是刚刚死过人啊,是自己亲眼目睹的,是自己有过肌肤之亲的女人啊。

如果萧绒也跟着李小洁死于非命了,高辉实在想不出自己会被打击成什么样子了。

"不行,我真得回去了。"萧绒皱着眉头,使劲推着高辉。

高辉扑过去,使劲一扳萧绒的肩膀,把她重新摁到了床上。

在萧绒的拼命挣扎中,高辉不知不觉感到自己竟然恢复了活力。

眼前的萧绒重新变成了十五年前那个只有十五岁的小女孩了,当初自己追求她时,为什么没有想到要使用暴力呢? 如果那时候就把她推倒在地上,会是什么结果? 她一定会哭吧? 一定会苦苦哀求吧? 像一只等待被宰杀的羔羊。

李小洁死之前有没有被强奸? 那会是怎样的情景?

高辉想得热血沸腾了起来。萧绒是我的,我应该去制服她。我绝不能让她低看了我。

就让她那个不知是谁的老公踏踏实实彻彻底底地做回活王八吧。

高辉突然从那种恐惧状态中解脱出来了。他什么都不怕了。

同时,他有一种想彻底占有萧绒的欲望,让她死在自己面前,让她在自己面前战栗,让她成为自己的奴隶。

高潮来临之前,高辉猛地掐住了萧绒的脖子。

萧绒的眼睛突然变得大了,又大又圆,眼睛里全是惊怖。

"杀了我吧。"萧绒一声嘶吼。面孔变形了,手指和脚趾努力地张开,像是被三昧真火烧身的女妖。

高辉却像泄了气的皮球似的软了下去。

6

"我是你的人了。"萧绒说。

"是。"高辉说。现在,轮到高辉盘腿坐着抽烟了。

"我是你的人了。"萧绒说。她的身体保持着刚才的姿态,一动不动,仰面朝天,像是个翻了个儿的蜘蛛。

"是。"高辉说,"我也是你的人了。"

"你太棒了。"萧绒说。

"你也真的很棒,"高辉由衷地赞叹,"说实话,我被你征服了。"

"真的吗?"萧绒笑了,非常的自得。

"真的。"高辉说,"我从来没见过像你这样的女人,既单纯又复杂,既成熟又神秘。"

萧绒在床上翻滚着笑了起来:"我复杂吗? 我还很神秘?"

"是啊,对我来说就是这样,到目前为止,我还不知道你是做什么工作的呢。"

"想知道?"

"当然。"

"猜猜。能猜到?"

"猜不到,也不想猜。告诉我。"

"好吧,我是教师。"萧绒认真地说。

"真的吗?"

"看着不像吗?"

"教中学还是大学?"

"在大学里。准确地说是研究人员,不教书的,"萧绒坐起来,"研究历史,看我像吗?"

高辉左右看看萧绒,说:"倒也有点儿像。"

"准确地说我是学考古的。"

"噢，"高辉点点头，"一定很有意思。"

"准确地说，非常乏味。"

"嗯，那再讲讲你的家庭生活吧。"高辉肯切注视着萧绒，"上回你不是说你会告诉我你的故事吗？"

"事实上我没什么故事可讲，我的家庭生活也相当乏味。"

"你和你丈夫关系不好？"

"嗯，"萧绒想想，说，"不，我们关系很好，从不吵架。"

"这倒是不能说明问题。"

"我的丈夫和我是同事，也是做考古这一行的，常常出外考察，一走就是很长时间，平时我们在一起，话也不多，像是生活在古墓里的两个人。"萧绒垂下眼睑，平淡地说。

"原来如此，"高辉点头，"像我这样的……嗯，就是说，我的出现，怎么说呢，如果没我出现，在你的生活中也还有其他男人？"

萧绒看着高辉，脸上露出不悦："你把我当成什么人了？"

"不不，我不是那个意思，"高辉急忙解释，"事实上，我觉得婚外恋是一种很正常的现象，更有利家庭的稳定。"

萧绒摇摇头，深深地叹口气，再看高辉，眼中竟带了泪水，"如果你不出现，我根本不会知道，原来我的生活是那么的乏味。"

高辉的面部神经抽搐了一下，不知道该说什么。

"事实上，我是一个已经对生活几乎绝望了的女人。"

"？"

"真的想听我的故事？"

高辉点点头。

萧绒沉默了一会儿，开口道："你听完了不要害怕。"

"怎么会？"高辉笑笑。

"你知道吗？我结过两次婚。"

"噢？是有点儿吓人。重婚罪？"

萧绒冷笑了一声，以制止高辉的那种玩世不恭的态度："说实话，我早已经把你忘了，我不该骗你，上学的时候，你怎么追求我啊什么的，你别在意，毕竟是十五年前的事了。"

高辉理解地点点头,事实上,如果不是因为再相逢,他又何曾记起过萧绒。

萧绒抿抿嘴唇,艰难地说:"其实,我曾经有过一次浪漫而又美满的婚姻,你和他长得很像,简直就像是一个人一样。"

"噢?"

"真的,我不骗你,那天,在游泳馆里,我一见你,立刻就想起了我的前夫,你们真的就像是一个人。"说到这儿,萧绒有些自嘲地笑笑,"当然,也许我和我的前夫能够一见钟情,冥冥中,有你上学时对我的那份钟情暗暗在起作用。"

"后来怎么会离婚呢?"高辉关切地问。

"我们并没有离婚,他后来死了。"萧绒流下了两颗眼泪,赶忙用手擦去。

"原来这样。"

"他死了以后,我对生活完全心如枯木了,然后才又嫁了现在的丈夫,完全是为了找个人做伴而已。"

高辉深表同情地重重点头,说:"你的前夫……是怎么死的?"

"他是被人杀的,被一个女人。"

"?"高辉惊得瞪大了眼睛。

"别再问了,再说我就……"萧绒嘴角抽搐,似乎又要哭泣起来。

高辉忍不住在心中柔情大动,他抱住萧绒,用手拍了拍她光滑的后背。

萧绒轻轻推开高辉,用手去擦眼角的泪水。

"那,现在,你想怎么办?"高辉问道。

萧绒露出一个带泪的笑容,说:"遇到你,我才觉得真正的自己又复活了。不过,你也不用担心,只要你喜欢我,我会随时来找你。我也不会要求你什么的。"

"你……是完全把我当做了你的前夫?"

"不,我希望你不要误会,我觉得能够遇到你,这是上天对我的恩赐,我真的会很珍惜你的,如果你不是一个非常打动我的人,既使像某个已死去的人,我也不会对你产生感情的,可现在,我已经产生了。"

"真的?"

"当然。从前,我一直活在对前夫的回忆中,自你出现,短短两天,我觉得你正在抹去我对他的印象。"

第十二章　死者刘菁

1

在至今发现的血尸中,刘菁的情况最为特别。她不是一具完整的尸体,她是被分尸后扔在了不同的地点。

手和腿被一件灰色的风衣包裹着扔在了玫瑰丛林小区的垃圾箱内。

头被一件灰色的风衣包裹着扔在了西山。

胳膊和大腿同样被一件灰色风衣包裹着沉入了护城河。

她的躯干至今尚未被发现。

发现的风衣中都会有杂乱的被扯掉的头发,经化验,头发不是死者本人的。

2

刘菁,19岁,某高校一年级学生,同时,签约一家模特公司。在

她不是一具完整的尸体，她是被分尸后扔在不同的地点……

这些血尸中,刘菁失踪得最早,但是尸体却发现得最晚。

刘菁的男友是该模特公司的一名男模特陈某。

据说,陈某平时常常喜欢穿风衣,但是,自刘菁失踪后,该人一改往日穿着习惯。

据说,此人已被公安机关收审。

3

刘菁的头是被风衣包裹挂在西山的一处人迹罕至的树上的。

发现者是两名爬山爱好者。

他们对着那棵树上的包裹观察了好久,最后确实里面的东西应该跟某种刑事案件相关。因为风衣上沾有明显的血迹。

"万一里面是小动物什么的怎么办? 那不是成了拿 110 开玩笑了吗?"一个人疑虑地说。

"要不咱们打开看看吧。"

两个家伙把那包东西从树上够下来,打开,然后,他们留下了基本上算是终生难忘的印象。

"吓人啊,真吓人!"那个漂在北京的东北青年说。

"是啊,是我打开的风衣包裹,半年多了,我这手上还老是感觉粘糊糊的呢,没事就想洗手。"

第十三章　复活的女僵尸

1

　　萧绒几乎一提起自己那些伤心史就忍不住流泪。眼泪让她变得憔悴了,那种二十多岁女孩的容貌渐渐换成了三十岁女人应有的老态,甚至看上去,比三十岁这个年纪更要老一点。

　　但在高辉的眼里,萧绒却是变得更具体,更实在,更令人心疼了。

　　唉,如果我们早一点儿这么相爱,高辉想,在我们情窦初开的那个年纪便能够厮守在一起,这个女人想来便不会受这么多人世间的苦了。

　　如此想下去,高辉顿觉得他和萧绒成了一对苦命鸳鸯,受尽了命运的播弄,不过,好在他们又重新能够在一起了。

　　虽然,他心目中的恋人已嫁做他人之妇。

　　两个人默默对坐了一会儿,萧绒对高辉说:"我走了。"

　　"走?"高辉抬头看看墙上的挂钟,时间是午夜三点钟。

　　"是啊,我该回去了。"

　　"别走了,天亮再走吧。"

"那不行。"萧绒面露难色道。

"为什么?"高辉追问。

"因为……"萧绒皱紧眉头,想了想,说,"因为……反正你不懂,你就不要为难我了。"

"这么晚了,我会担心你的安全的。"高辉说。

"我没事的。"萧绒说。

这时候,高辉突然想起了打牌时田小军对他说过的话,似乎萧绒也住在这个小区里,就问:"你住哪儿? 我送你吧。"

"不用送我,你休息吧,"萧绒说,"我告诉你好了,我其实就住在这个小区里,走走就到家了。"

高辉假装吃惊,说:"真的? 你怎么不早说。"

"这片住宅区有几栋楼是我爱人他们单位的福利分房统一买的。"

"噢?"

"不过,有一天,我会不再住在那里的。"

"怎么?"

"我会和他离婚的。"萧绒咬咬牙,说。

高辉不说话了。

萧绒看看高辉,说:"你不用担心,我不会让你不自由的,即使你不出现,其实我早晚也要离开他的。"

高辉看着萧绒,心中产生了一种前所未有的激情,他握住萧绒的手,说:"如果你离开他,我一定要娶你。"

"不,"萧绒黯然地摇摇头,把手从高辉的手中抽了出来,勉强笑笑,说道,"离婚以后,我会独立生活的。"

"为什么?"高辉问。

难道不是每一个女人都渴望和自己真爱的男人结婚,渴望过一种稳定的生活吗?

"高辉,我希望你明白,我真的很爱你,所以不想束缚你,你是那种天生喜欢自由的人,我知道。"萧绒摸摸高辉的脸,眼睛里流露出的全是柔情,"即使以后你想结婚了,也应该找一个更年轻、漂亮

的女孩做你的妻子。"

高辉的心里有一种说不出的感动,有一刻,他竟非常想哭。

这些年,高辉在处理感情问题时,总是觉得自己实在是非常命苦,有不少女孩喜欢过高辉,可高辉对她们却只是逢场作戏,每当她们对高辉提及婚姻时,高辉就不得不退避三舍了。有一度,高辉非常恐惧自己会因为一时心软,或者被那些女孩纠缠得实在逃脱不掉而错误地选择一次乏味的婚姻生活。这种恐惧使得高辉看起来身边总是有很多女孩,事实上,他在内心深处,却和异性保持着相当远的一段距离。

只有一次,也就是高辉二十七岁那一年身边的那个女友,高辉觉得自己是真心喜欢她,想和她认认真真地生活一辈子,可那个女孩却偷偷地选择了别人。与其说是那个女孩伤害了高辉的情感,不如说是那个女孩选择的那个男人真正给了高辉一次心理上的打击。

高辉是这样一个人,无论是他的家庭背景,还是他一帆风顺的求学就业历程,都让他在心底最深处隐隐地有一种错觉,总觉得自己比别人要优越一些。

高辉到目前仍然不知道当时他的女友选择的是怎样一个男人,高辉实在很难相信还会有别人会比自己更年轻、更英俊,更在事业上有前途。

这种暗暗的比较轻易地让他得出了结论,女友选择的男人是个已经功成名就的人,他应该不年轻了,也应该没什么相貌,他有的只是地位和金钱。

单从这两样来说,高辉确实没法和许多男人较量。可是对女人来说,往往只有这两样才是最吸引人的。

远比爱情本身动人。

高辉其实是个对地位和金钱根本不怎么在乎的人,他不想为了因为讨女人喜欢而去追求那些自己不喜欢的东西,可是,二十七岁那一年的经历让他明白了,如果自己想活得更体面一点儿,没有那两样东西却不行。

过了二十七岁以后,高辉基本上就是为了名利在生活了,这是他为了吸引女人而使用的手段,可是在内心里,他从没有瞧得起过被自己勾上手的女人。

　　同时,对于名利,他依然认为,那对自己并没有多少真正意义上的价值。

　　萧绒的话,让高辉觉得他终于遇到了一个真正理解自己的女人。他不喜欢束缚,他喜欢自由。

　　可是,和一个自己真心相爱的人厮守在一起,是不会失去自由的。或者,和自己真爱的女人在一起,失去自由也是值得的。每一个被爱情悄悄蒙住双眼的男人都会这样想。

　　高辉就是这样想。

　　"可是,我爱的人是你,怎么会再找别的女孩呢。"高辉发自内心地对萧绒说。

　　萧绒摇摇头,说:"我毕竟是一个结过两次婚的女人了,对我来说,能够拥有你,是我的幸运,可我却不能那么自私,耽误了你的幸福。"

　　"怎么会呢? 和你在一起,就是我的幸福。"高辉动情地说,"这世上不会再有比你更漂亮的女人了,也不会再有比你更了解我的女人了。"

　　"我长得并不漂亮,人也老了,我……配不上你。"萧绒说着,两行眼泪顺着脸颊流了下来。

　　"你怎么可以这么说呢?"高辉有点儿快急了,仿佛是另一个不相干的人在说自己的爱人并不完美一样,"你真的很漂亮,也真的非常年轻,我真的是很爱你。"

　　萧绒凄凉地笑笑,说:"我已经三十岁了,女人过了三十会老得很快的,很快我的眼角就会出现皱纹,我的眼袋会耷拉下来,然后出现在你面前的就是一个满脸憔悴的老黄脸婆,到那时候,你还会爱我吗?"

　　高辉注视着萧绒的脸,想了想,说:"到那时候,我也老了呀,无论你老成什么样子,你总是要比我年轻的。"

萧绒笑了,说:"真的,到了我又老又丑的时候,你还会爱我吗?"

"我会的,"高辉坚定地说,"我会一直爱你的,无论你怎样老,怎样丑。"

萧绒沉下脸,突然变得不高兴地说:"你撒谎!"

"我是真心的。"

"你撒谎!"萧绒几乎是叫了起来。

"我确实是真心的!"高辉也几乎喊了起来。

喊完了,高辉才觉得自己有些可笑,自己这是怎么了? 似乎是落入了语言游戏之中,对方越是不相信自己,自己就非要对方确信自己的态度,这只能使自己不断地夸大其辞。

"那我应该怎么说呢?"高辉有些无奈地说:"我怎么说你才会认为我不是在撒谎?"

"嗯……"萧绒想了想,说,"你应该说我永远也不会老,永远也不会丑。"

高辉笑了,对萧绒说:"我觉得你真的是永远也不会老,永远也不会丑。"

萧绒听完,笑了。

高辉欣赏地看着萧绒的笑容,真的很难相信这样美丽的容貌老了以后会是怎样的一张面孔。

想着想着,高辉不由产生了一丝悲哀,永远年轻,永远美丽是多么好啊。可惜,那却是根本不可能的事。

也许只有在济慈的名诗《希腊古瓮颂》中才真正有不会受时间影响的"永远年轻""永远美丽"的人。

高辉忍不住轻叹了一声。

"为什么叹气?"萧绒柔声问道。

"因为那是不可能的事,"高辉说,"注定要老,注定会死,这是人类永恒的悲哀。"

"所以世上才会出现你这样的伤感诗人,对吗?"萧绒开了高辉一个玩笑。

"听着有点儿别扭，不过，确实没错。"高辉说。

"不过，我告诉你，永远年轻，是有可能的。"

"怎么？"高辉想了想，说，"不懂。"

"比如，一个人在二十多岁时死去，就永远二十多岁了。"

"原来如此。"高辉说，"这实在是一种自欺欺人的说法。"

萧绒看看墙上的挂钟，说："要走要走了，不知不觉又说了这么长时间，咱们俩似乎有说不完的话。"

"是啊。"高辉说着，也扭头去看看挂钟。时针指到了凌晨四点一刻。

"这回我是真的要走了。"萧绒说。

<h1 style="text-align:center">2</h1>

"能不能不走？留下来陪我。"高辉说。

"以后吧，今天我得回去了。"萧绒说。

高辉想了半天，觉得如果不说出事实，恐怕无法挽留住萧绒，就说："你知道吗？这么晚了，我很担心你，这个小区不安全。"

"怎么会呢？"萧绒说。

"如果你非要走，我送你到家门口。"高辉说。

"不不，那不行。"萧绒斩钉截铁地说，"我不想让我丈夫看到你。那太难堪了。"

"他在家吗？"高辉惊道。

"是啊。"

"那你……怎么会出来？这么个时间回去又怎么说呢？"

萧绒笑了，说："没关系，你不用担心我，我自会应付。"

高辉仍然一脸茫然。

"他工作起来非常投入，根本不会知道我是在家，还是在外面。"萧绒说，"晚上是他工作的黄金时间，他会一直在书房呆到天

亮,根本不会出来。"

高辉嗒了嗒牙花子,心里有点儿难受,替那个勤奋的考古学家。

"赶紧结束这种日子吧。"高辉难过地说。

"怎么? 你不想见我了?"萧绒说。

"不,我希望你赶紧离婚,能够和我踏踏实实地在一起。"

"我会的,你放心吧。"萧绒说,"那,现在,我走了。"

"我送你吧。"

"我说过了,不用。"

"送你到你家的单元门口,然后看着你房间的灯亮起来,怎么样? 那样的话,我的心会踏实一点儿。"

"真的不用。"

"可是这里真的非常不安全。"高辉说。

"我知道。"萧绒说,"那只是一种传说罢了。"

"传说?"

"是啊,传说,"萧绒肯定地说,"据说这一片从前,当然是很久以前了,这里是一片坟地,后来这里有了村庄,从那时候起,就秘密流传着一个女僵尸要在世纪之交复活的传说。五年前,这里刚刚准备筹建小区,往外迁城乡结合部的住户时,还曾出现过这样的事,当时的原居民认为这里不宜地动,那样的话,会把地底下的孤魂野鬼放出来……"

高辉看着萧绒,萧绒像是在课堂上讲课,有条不紊地说。

"事实上,这里刚刚动土时,确时挖出过一些古怪的棺木,当时,我们一些专门负责考古的学者还曾经来过这里,我记得其中有一口棺木是空棺,里面只有两件清代女人的衣服和简单饰物。衣服是普通的丝制品,竟然一点儿没有腐烂,衣服旁边有一堆头发,通过鉴定,头发是一百多年前的,也没有烂掉,但是里面没有人,根本不像是有过人的样子。通过考察,因为没有多少考古价值,所以小区就继续建设了,不过,关于女僵尸复活的传说却在民间越传越盛了,甚至有人说,那具空棺就是盛放那个冤死的女人的,她已经附在了某个女人的身上，也就是说，已经复活了……"

"你觉得有这个可能吗？"高辉问。

"当然是无稽之谈，怎么可能出现这样的事，这种迷信传说完全是违背科学的。"萧绒笑道，"其实，关于女僵尸复活的传说最早是清末一本笔记小说中记载的，当时那本笔记小说的作者就隐居在这一带，记录了一些此地的传说和异闻。那时候，我们刚刚来这里考察时，我还曾在图书馆里看过那本书，其实是一个很美丽的爱情故事。"

"可是……"高辉忍住心中的战栗，说，"这里却真的出现了命案。"

看着高辉恐惧的样子，萧绒问："你怎么知道？"

"因为就发生在昨天晚上，死者是我的女朋友，她的皮被整张地剥去了。"

萧绒瞪大了眼睛，难以置信地盯着高辉，过了一会儿，她像是要忍回想呕吐的欲望似的咽了唾沫。

"你相信这世上有灵魂吗？"高辉问道。

"我想，我应该是不信的。"

"如果有，灵魂是否会附身？"

"不知道，"萧绒的脸色有些发白了，也许是听到了那些骇人听闻的事情引发的紧张感，她匀了口气，仿佛在让头脑清楚一些，过了一会儿，说，"是啊，也许吧，毕竟这些传说流传了那么多年。关于僵尸复活以及灵魂附体的事情，西方一些科学家倒一直在研究，不过，这些事情，既很难证实，也很难证伪的。"

"最早记录这个故事的笔记小说上怎么说的？"

"我有点儿记不清楚了，说实话，我当然根本没在意，完全也没往心里去，否则，考古学院也不会把宿舍区买在这里了，那个作者好像叫李无端，书名叫……叫什么《荷轩笔谈》，你可以到图书馆去查查看。"

高辉木然地点点头。

萧绒坐到高辉对面，"出了这种事，怎么不早告诉我？"

"我是不希望吓到你。"高辉说。

"尸体在哪里发现的?"

"在楼道里。"高辉说。

"你会是个相信鬼神的人吗?"萧绒问。

"多多少少信一点儿。"高辉说,"你也说了,这种事是既无法证实,也无法证伪的。"

萧绒点点头。

"不过,我还是更靠近无神论那边一些,"高辉面对着萧绒,说,"听说最近治安一直不好,有一个杀人狂一直在杀害年轻女孩,这应该不是第一个了。"

"这我倒没听说过,你听谁说的?"

"我的一个朋友,他一直在搜集那些资料,说就是最近这一两个月的事,他是干导演的,还说想把这事拍成电影呢,没想到,这种事会真的落到我的头上。"

听到这儿,萧绒一脸疑惑表情地站了起来,她在屋里来回走动了两圈,突然对高辉说:"你有没有觉得这事挺可疑。"

"怎么呢?"

"连续杀人这事,既然报上从未公布过,你那个朋友怎么会知道? 他既然对这种事情如此狂热,有一种可能就是,他就是那个变态杀手。"萧绒一脸认真地说。

"不不,不可能,"高辉笑了,"我对他太了解了,他不是。"

"你真的那么了解他?"萧绒问,"人都有两面性,一个人怎么可能完全了解另一个人。"

"不不,你别瞎猜了,我跟他不是一年两年的哥们儿了,就算他是凶手,也不会害我的女友的,我们都认识。哪天给你介绍一下,你见到那哥们儿就知道了,你就是借他几个胆,他也不敢杀人。"

"好吧,算我没说。"萧绒道,"我现在也不敢出这屋了。"

"天亮再走吧。"高辉说。

萧绒仰面躺在了床上,说:"我又耽心……耽心我老公会发现我不在家了。"

高辉苦笑了一下，没说话。

"不知道还有多长时间天才会亮？"萧绒自言自语地说。

高辉看看表，说："一个小时差不多吧，快了。"

"我们利用这段时间干点儿什么？"萧绒问。

"不知道，你说呢？"

"我说呀，既然我们注定要老，注定要死，那么，应该趁我们未老未死时及时行乐吧，你说呢？"

"有道理。"

"来吧，帮我把衣服重新脱去。"萧绒呈大字形地躺在床上，胸部开始明显地起伏起来。

3

高辉自认为也算是个偷情猎艳的老手了。

可是这一次，和萧绒之间的恋情却第一次让他产生了惶恐不安的感觉。

虽然萧绒曾一再对高辉说："我不会带给你任何麻烦的。"

但是高辉却无论如何也摆脱不了心头沉重的阴影。

这一回，恐怕是麻烦大了。

尽管他和萧绒仅仅有过短短的两夜，可是，这却是完全不同寻常的两夜。

这两夜已经明显地让高辉感觉到，他已经不由自主地被萧绒吸引住了。仅仅从"性"这一方面说，高辉就已经完全被萧绒征服了。

从来没有一个女人让他在刚刚分开就开始强烈想念的。

也从来没有一个女人在短短两夜时间，给过他如此无穷无尽的回味。

这将是一次真正的像火一样的爱情的开始。高辉预感到。

在"爱情"这个范筹里,事实上,"性"是一个占绝对比重的组成部分,在性上征服了对方,事实上,情感方面的事情就变得顺理成章了。

真正的爱情是一把锋利的刀。这是高辉的爱情观。

正因为基于这种认识,高辉从来不愿意真正面对两性间的激情,也不愿意承认谁真正对自己有不可抗拒的吸引。

可是这一次,高辉觉得,自己必须得承认和面对这一现实了。

也正是这种感觉,让高辉产生了惶恐和不安。

他在心理和生理上都需要萧绒,而另一个男人也同样是需要萧绒的。

那就是萧绒的丈夫。

高辉深深地明白这一点,面对一个像萧绒这样的女人,没有一个男人能够不神魂颠倒的。

难道她的丈夫真的对她无所谓吗?

高辉实在难以想像。

如果真是像萧绒所说的那样,她的丈夫完全是个不解风情的工作狂,那她丈夫还能算是人吗?

在疯狂占有萧绒肉体的时候,高辉曾经体味过战胜身下这个女人背后的男人的心理快感。可是当激情退去后,独自一人,高辉又为此感到了隐隐的内疚。

她的丈夫到底是个什么样的人?

高辉实在难以想像,一个在夜半时分,依然趴在书桌前的背影转过身来时会是怎样的一副面孔。

平时,在小区里,自己曾经遇到过他吗?

哪一个与自己擦身而过的男人才是自己情人的丈夫?

他会不会表面上看来是个毫无情趣,事事都不放在心头的人,而内心深处却是个满腔妒火的丈夫?

这样的男人何止"疯狂"两个字可以形容。

他会不会跟踪他的妻子?

会不会在自己正和萧绒如火如荼地在床上翻滚时,却有一双陌生男人的眼睛在窗外注视着自己和他的妻子？

想到这里，高辉有些不寒而栗了。

李小洁会不会就是那个男人杀死的呢？

也许第一夜，当自己带着萧绒回家时，他的丈夫就尾随在妻子的身后。

高辉有些后悔，后悔自己对待生活的轻率态度。

怎么可以那么随随便便地就把一个几乎是陌生的女人带回家呢。

事实上，如果早知道了萧绒就住在这个小区，高辉只会开车送她回家，而绝不会和她发生任何事情。

可是，现在一切都晚了。

无论如何，和一个有夫之妇偷情都是件危险的事情。

而情人的家距离自己的居所是如此之近，则更是危险。

因为奸情几乎会随时败露。

高辉甚至感到他们的奸情其实早已败露了，只不过，那个受伤害的丈夫并不是个喜欢冲动但却缺乏头脑的人，他是个城府更深，更为阴险的角色。

萧绒的丈夫到底是个什么样的人？

高辉觉得这个问题必须得和萧绒好好谈一谈了。

搞不好萧绒不会让自己和她合谋杀死她丈夫吧？女人大多是喜欢铤而走险的。

天呐，可千万别让哥们儿卷入到这种事上，那我这辈子可就瞎了。

起床后，高辉坐在卫生间的坐便器上，脑子里一直这样胡思乱想着。

如果逃过这一劫难，高辉想，我一定要痛改前非，再也不和乱七八糟的女人来往了，我要认认真真地开始新的生活，再也不要过这种混乱而内心不安的日子了。

在镜子前洗漱时，高辉看着镜子里自己的面孔，突然觉得有点儿不对劲。

哪儿出了问题？高辉摸摸自己的脸。

费了好大一阵功夫，高辉才想到是镜子的问题。镜面上，萧绒第一夜给自己用口红留的联系方式没有了。

字迹被擦得干干净净。

不会是我自己擦掉的吧？高辉揪着自己的头发想了很久，否定了这一点。自己还没晕到那个地步。

是萧绒又把字擦掉了？

想想也觉得没有道理，她本来就是留给自己的，怎么会不问问自己是否记了下来就又给擦去呢。

那会是谁？难道是凶手？萧绒的丈夫？盯着自己的那双陌生的眼睛？

高辉的脑子里噼里啪啦一通乱闪，几乎认定了杀死李小洁的凶手就是萧绒的丈夫了。

可是接完陈勇的电话，高辉又否定了这一臆想。

也许是我太神经过敏了吧？我这是怎么了？高辉自责道。

4

陈勇打电话给高辉是告诉他，死的人其实并不是李小洁。

"你还不知道？"陈勇有些吃惊，在他看来，这件事按理高辉应该是第一个知道的才对。

"警方还没有通知我，"高辉说："他们丫可能觉得这事已经跟我没关系了吧？出事后到现在还没再找过我。"

高辉一边听电话，一边在书架上想找一张影谍看。出于职业需要，起床后没事干，先看一部电影几乎已经成了高辉的习惯。

高辉希望能够找一部稍微轻松一点儿的片子，周星驰的喜剧片或者好莱坞的浪漫言情片。

"那个死的女人不是李小洁？那会是谁?"高辉问。

"不知道，一个完全不相干的女人。"陈勇说。

"那李小洁呢？她去哪儿了？"

"你问我？我问谁？"

"也就是说李小洁没死，她失踪了？"

"现在的情况确实如此，估计很快警方就会把你叫去盘问的。"

"情况我已经向他们说过了，我所知道的事几乎全说了。"

"可能还会再反复问你。"陈勇笑着说，略带一些调侃和幸灾乐祸的口气。

"操！"面对自己可能遇到的麻烦，高辉轻叹了一声。这时候，他决定随便拿一张色情录影带来放，缓和一下自己恶劣的心情。

因为音量没有调整好，刺激的画面刚一出现，声音很大的女人的尖叫声随之也传了出来。

"你家里有人吗？"陈勇在电话那边问。

"没有，在放 DV。"高辉解释着，把电视调成了静音。

"对了，昨晚上谁来找你？"陈勇想起昨夜的事情，问道。

"一个女人，情儿。"高辉轻描淡写地说。

陈勇没再接着往下问，他对女人的事不太感兴趣。

"我觉得这事越来越有意思了。"陈勇说。

"怎么呢？"高辉盯着电视画面说。这张色情录影带是一张相对拍得不错的片子，比较讲究画面感，剧中男女的身体也是那种能带给人视觉愉悦的极品级的。

一个白种女孩干得欢天喜地，呼爹喊娘。看着那个女孩的动作，高辉不由得又想起了萧绒。脑中一闪念，心就微微一动。

萧绒也是极品级的，无论是体形还是媚态都不输给电视里的那个小骚逼。

"这事实在是有意思极了，"陈勇在电话里仍滔滔不绝地说着，"我一定要把这事给弄成一个电影，剧本就由你来写，事儿出在你的家门口，你写起来也更有把握了，对不对？"

"也许吧。"高辉有一搭没一搭地说。

死的人不是李小洁，这让高辉在内心里多多少少缓解了一下

紧张感。可是她又去哪了呢？不过,这就没必要那么担心了,作为在影视圈混的女孩子,狐朋狗友一向很多,也许只是一时气不过男友的荒唐,跑到哪个朋友那里混去了。

"上回给你丫看资料你丫也不认真看,过会儿你来我这儿吧,咱们好好商量一下。"

"我操,你丫就别再刺激我了。哥们儿可胆小。"

"没事,死人的照片你丫不想看就别看了,我刚刚拿到了死者生前的卷宗,这可是机密,现在正立案调查着呢,轻易不给外人看,哥们儿是凭着特殊身份,再加上局里有熟人才弄到手的。"

"怎么你还真想拍这事?"高辉问。

"当然,这个题材我想了不止一年了,好多年了,专杀女人的变态狂,恐怖之中还带点儿色情意味。我准备绝对得拍出新意来,至少国内还没类似的片子呢。"

"歇了吧,"高辉哭笑不得地说,"根本通不过审查的。"

"那不一定,得看从什么角度去拍了。现在不就有这么件真案子吗?我拍一纪实行不行?当然,是那种假纪实的。"

"没准你丫的片子都拍完了,公安局的案子还没破呢,这种不着边际的杀人案怎么破啊?"

"破不了更好,咱先写一个本子,没准还能拍续集呢,"陈勇异想天开地说,"没准那个凶手看了片子,还得跟咱们急呢,你们丫这帮傻逼瞎拍什么呢?根本不是那么回事,然后跑出来,豁出去被枪毙了也要指点咱们一番,是这么这么回事,然后在枪毙前,死活闹着要亲自主演咱们的电影,王老师的话——过把瘾就死。咱们等于帮着警察们把积了多少年没破的案子给破了!两个字:牛逼。"

高辉笑了,说:"你丫确实也就是这俩字。"

"少废话,赶紧过来吧。"

"哎,"收线前,高辉叫住陈勇:"你听说过一本叫《荷轩笔谈》的书吗?"

"嗯?"陈勇想了想,说:"没有。谁写的?"

"好像叫李无端,清末的一个穷秀才吧,据说那时候就住我现在住的这片,跟蒲松龄可能差不多,爱记点儿道听途说的鬼故事。"

　　"不知道。怎么了?"

　　"没事,瞎问问。"

第十四章　穿灰风衣的无脸人

每一个年轻女孩子失踪，似乎现场总是有他或者是她的身影。

没有一个目击者看清楚了他或者是她的脸。

他或者她倒底是男人还是女人？

穿着长长的灰色的风衣，留着一头长发的女人。但是，有时候又给人感觉，她像是一个男人。

他或者她是人还是鬼？

如果那个王盈盈的女尸真的会自己穿着风衣在夜半走出太平间，那么，灰色风衣的长发女人会就是王盈盈吗？

她为什么要杀死那么多女孩子呢？实在是没有理由。

或者，那个灰色风衣的长发女人本来就是勾魂使者。

它是不存在的，也就是说，它是无所不在的，它就是在夜半来制造死亡的。

没人看清楚它的脸，是因为它根本就没有脸。

你见过死神的脸吗？

死神没有脸，它只有一头长发。

穿着长长的灰色风衣，留着一头长发的女人。
但是，有时候又给人感觉，她像是一个男人。

第十五章　下一个死的是谁？

1

　　高辉进城很不容易。凌云花园虽然在公路边，但高辉的房子在小区的最里边，大约需要走十五分钟才能看到往城里去的小公共。

　　因为是工作时间，小区里几乎看不到什么人。下午的阳光照在地面上，有一种不真实的感觉。高辉看着自己的影子，觉得这样踩着自己的影子往前走似乎预示着某种不吉利。

　　高辉在走过那些住宅楼时，有一种想知道到底萧绒住在哪里的愿望。有一刻，他有一种天真的愿望，突然在某一扇的窗口，看到萧绒的脸。

　　高辉就这样抬着头东张西望地走着。有住户的房子和没住户的房子从外观看来似乎很容易判断出。那些已经住了人的房子几乎都像高辉家一样，不分白天黑夜地挂着厚重的窗帘。

　　里面住的是什么人根本无从判断。

　　走过小区的售楼处时，有一个女人从单元里走了出来，她看到高辉，向高辉点头笑了笑。

那个女人是这个小区的物业管理人员，高辉的房子就是经她一通天花乱坠地介绍才下决心买的。

"嗨！进城啊?"女人笑眯眯地冲高辉说。

"对。"高辉也笑着说。

"最近又写什么新的电影了吗?"

"没有，瞎混呢。"

那个女人指着楼前的一辆墨绿色的"神龙富康"对高辉说："我也正好进城，带你一段吧?"

"不用了。"高辉笑着摆摆手。

"没事，反正顺路，能带到哪儿就是哪儿呗。"

"嗯，"高辉想了想，说，"那好吧。"

那个女人驾车技术还算熟练。高辉坐在一边，觉得似乎没什么话说，没话找话，觉得有点儿别扭。

"你也住在这小区里?"高辉问。

"啊。"女人点点头，笑道，"这都是你们送的。"

"嗯?"高辉一时没反应过来。

"销售出去多少套单元就能提成一套房子啊。"女人说。

"哦，"高辉点点头，看看这个年轻的女人，说，"你一定很能干啊。"

"般般。"女人说，"比你们影视圈的可差远了。"

"比我强，"高辉说，"我房子倒是苦巴巴买了，车还没影儿呢，弄得这叫一难受。"

"那你是想直接买好车了吧？我们也就是开辆一般的车就行了，平时也不接触什么有名的人物，你平时是不是都跟名人打交道?"

高辉笑了笑，没说话。

过了一会儿，高辉问："你多大岁数?"

"太不礼貌了，"女人笑了起来，不过看来她似乎很高兴，这种问话几乎意味着提问人对被提问人有某种程度的感兴趣，也就是说，是套磁。

"二十四岁。"女人说。

"哇！这么年轻？"高辉由衷地说，"了不起。"

"有什么了不起的？"女人含笑看看高辉。

"这个岁数能挣到房子和车，说实话确实是不容易了。"

女人摇摇头，叹了口气，过了一会儿，说："我的经历可复杂了，不怕你笑话，绝对能编成一部电影。"

"是吗？"高辉假装感兴趣，说，"那可得找个机会好好聊聊。"

"行啊。"女人大大方方地说，"你要感兴趣，哪天我一古脑把我的事全告诉你，怎么来的北京，怎么的酸甜苦辣。"

车开到蓝岛购物中心时，女人对高辉说："我就到这儿买东西，你呢？"

"我去找个朋友谈事，还得往前走，我就走了。"

女人拉住高辉的胳膊，说："我给过你名片吧？"

"嗯，"高辉想了想，说，"好像给过吧。"

女人笑了，说："估计你早就不知丢哪儿了，再给你一张吧，上面电话、手机都换新的了。"

高辉接过名片，看了看，这才想起来，女人名叫张小夏，那时候向自己推销房子时曾经做过一番自我介绍，好像是清华毕业的。

其实高辉一路上都在想她的名字，但，就是死活想不起来。

2

"你没事吧？"陈勇一看见高辉就关切地问。

"没事，怎么了？"高辉坐到沙发里，顺手拿起茶几上的烟。

"你的脸白得都绿了。"陈勇说。

"没事，这几天一直都没睡好觉，睡三、四个小时就再也睡不着了。"

"给你煮一壶咖啡吧？"陈勇坐在沙发里一动不动地看着高辉，

"真正的意大利咖啡,是一个傻逼送给罗娟的。"

"行。"高辉撮撮脸,"那你去煮吧。"

"你丫倒是真不客气,"陈勇站起身,指着茶几上的一摞复印纸说,"这是哥们儿刚拿回来的资料,你先瞅瞅。"

"行,呆会儿就看。"高辉闭眼往沙发上一仰,专心地抽烟。

眼睛刚一闭上,一个女人阴冷的面孔就出现了高辉的意识里,那是一个完全陌生的女人,眼神冷得像是把刀子。

高辉吓得立刻又睁开了眼睛。

还是正视现实吧,高辉叹息着拿起那摞资料,心里禁不住骂:全是这些破事给闹的。

那些复印的公安局卷宗是被害的七个女孩的简历,乍看上去没什么特别,像是一摞公司的求职简历。

姓名,年龄,两寸的正面免冠照,全都是大眼睛、高鼻梁、尖下颏,露着浅浅的微笑。

高辉翻了两页额头就冒汗了,心里升起了一种想吐的感觉,像是喝醉了酒一般难以自控。

接着,他的脑子就变成了没有频道的电视画面,哗哗哗的全是雪花,那些晃动的雪花变化着各种难以说清的形状。

陈勇从厨房走回到客厅时,看到高辉正眼含着泪水,脸在痛苦地抽搐。

高辉的脸白得像是一张纸。

一张一捅就会破的那种薄薄的面巾纸。

"你怎么了?"陈勇被高辉吓了一跳,愣愣地问。

高辉像是一只要被宰杀的绵羊一样充满恐惧地看着陈勇。

他的眼神中除了恐惧,更多的是一种让人心动的温顺和无助。

那是一种完全被吓傻了的眼神。

"你到底怎么了?"陈勇尽量和高辉保持着距离,"你别吓唬我,要不要叫救护车?"

高辉摇摇头,尽量让自己保持着理智的清醒和内心的平静。

费了很大的劲,高辉才对陈勇说:"死的这些女孩,我几乎全认识。"

陈勇惊恐地瞪大了眼睛。

3

潘雯，女，二十八岁，毕业于海淀走读大学中文系，某外企公司职员。

潘雯就是高辉二十七岁那一年的恋人。那个最后莫名其妙地拒绝了高辉求婚的女孩。

4

尚惜红，女，二十七岁，毕业于首都师大音乐系，某饭店部门经理。

这个女孩是高辉某一年在饭店里包房子写电视剧时认识的，当时尚惜红已经有了男友，但她和高辉断断续续曾经有过将近两年的来往，直到后来尚惜红结婚。在尚惜红结婚前的头两天，她还曾经来找过高辉，度过了她作为单身女孩子的最后的疯狂一夜。

5

梅露，女，二十一岁，佳木斯市人，醉梦夜总会领班。

高辉曾经带过几次梅露出台，对她还留有一些印象，那个女孩的胸很小，像是个小男孩，性格中略带一些自暴自弃的满不在乎。

6

李凤珠,女,十八岁,江苏高邮人,美乐歌舞厅坐台小姐。

李凤珠十五岁时跟着同乡的小姐妹初到北京,第一次上班就是坐的高辉的台。高辉曾经几次要点李凤珠出台,都被李凤珠拒绝了。

当然,最后李凤珠还是经不住诱惑,在同乡姐妹的劝说下跟着高辉出了台。虽然只有一次,可因为李凤珠竟然是个处女,这给了高辉十分强烈的印象,那天晚上,李凤珠哭了,而且还拒绝高辉给她的小费,尽管临走前,在高辉的一再劝说下,她还是把钱带走了。

7

……

……

高辉不知道是谁躲在暗处狞笑着。

那个人肯定是冲高辉来的。

那些可怜的替死的女孩们……

8

"会不会是巧合?"等高辉平静下来后,陈勇说:"既然你丫这么花,几乎把全北京的鸡们都快过了遍堂了?"

高辉摇摇头，说："如果是巧合的话，那也太巧了，最后一个，就是在我家楼道里发现的那个是不是潘雯？"

陈勇拿过复印的卷宗看了看，点点头，说："没错。好像是。"

"我该怎么办？"

"要不要报案？把这个情况向警方汇报一下？"陈勇问。

"那……他们会不会怀疑我？"

"当然，这是不可避免的，"陈勇向高辉解释，"不过，这也没什么可怕的，最后总会弄清楚的。"

"我已经够麻烦的了，可不想让他们隔三差五提审一番，弄不好是不是还会收审我？凭白无故被他们关两个月，我事不全耽误了？"

"这倒是够冤的，不过……"陈勇说着，看看高辉，"如果真的不是巧合，也就是说这是一场有预谋的连环杀人案，你就不怕自己有危险？"

高辉双手放在自己的后脑勺上轻轻摁了摁，说："我倒没事，这毕竟是个专杀女人的变态狂干的，我只担心……不知还会有谁要遇毒手？"

陈勇点点头，他抬着下巴望了望天花板，突然特别真诚地对高辉说："咱哥俩认识可有年头了吧？说实话，你觉得咱们关系怎么样？"

"嗯？"高辉有些莫名其妙，说，"这还用说？没有你丫给我揽活儿，哥们儿现在还不知道上哪挣钱呢。"

"也不能那么说，"陈勇点了一支烟，狠狠地吸了一口，然后目不转睛地看着自己吐出的烟雾。

"你……你不会说这些事全是你干的吧？"高辉想起那一夜萧绒的分析，"是啊，你丫怎么会对这种事这么感兴趣？你对活的女人倒是不怎么兴趣。"

陈勇嘘了口气，沉重地点点头，看着高辉说："这也是我想对你说的话，看来没必要说了。"

"怎么？你怀疑是我？"

"如果是你那就太逗了,哥们儿这片子拍完了非连获它三十几个国际奖不行。我倒真希望是你。"

"警察们要都是这思路哥们儿可惨了,非冤死不可。说实话,刚和潘雯分手时我倒起过要杀她的心思,说实话也就是那么想想,给自己找找心理平衡。"

"那次的事是不是对你刺激特深?你和潘什么来着?"陈勇皱着眉头问,然后拿起卷宗,看潘雯的那一页。

"不至于,完全不至于。"高辉摆着手说。

"你常做梦吗?"陈勇问。

"常做,还都是噩梦。"高辉说,"我把自己的梦一一记录下来,都够一部超现实主义的长篇小说了。"

"你记过你的梦境吗?"

"印象深的记过。"

"梦有过重复吗?"

高辉想了想,说:"有过。"

陈勇没有再提问,只是探询地看着高辉。

高辉想了想,说:"有一个梦境我经常重复,有一个面孔模糊的女人站在黑暗里,我想看清楚她长什么样,可就是看不清楚。我向前走一步,她就向后退一步,然后再冲我冷笑一声,我怎么也靠近不了她。有时候,梦境又会变成她背对着我站着,我拍她的膀肩,叫她的名字,她怎么也不回过头来……"

"你叫她的名字?她是谁?"

"不知道,在梦里我可能知道她是谁,但事实上我并不知道。"高辉认真地想了想,"也许我就是那么一叫,总之完全没有意义。"

"有没有可能就是潘雯或者这其中的某一个人?"陈勇拿着那摞复印纸,说,"我是说在不同的阶段,有时候梦中是潘雯,有时候又会是梅露?"

"这我真不记得了,也许吧。"

陈勇仔细地端详了一会儿高辉,笑了。

高辉让陈勇给看"毛"了,说:"你丫干嘛呀?"

"你有没有梦游的习惯？"

"没有。"高辉断然否定。

旋即高辉明白了，说："你丫别妄想了，你这么固执地瞎猜，可离变态就一步之遥了。"

"但我觉得这种可能还是存在的，"陈勇安慰地拍拍高辉的膝盖，"你先听我说完，我记得英国就曾经有过这么一位，清醒的时候特绅士，一梦游就成了杀人恶魔，后来给逮着了，还没法给定罪。"

"我操，"高辉发一声喊，"你丫可别吓唬我，咱俩谁有这毛病啊？"

"当然是你了，死的人我又不认识。"陈勇说。

"操，你丫要不信，干脆跟我一块住得了，看看我有没有这毛病？"高辉撇撇嘴，说。

"行。"陈勇说，"要不你就在我这儿住几天吧，反正罗娟也不在。"

"那不行，我必须得回去住。"

"怎么？"

"如果这一切不是巧合，我担心下一个死的会是前两天跟我在一起的女的。"

"萧绒？"陈勇抬抬眉头，问。

"你怎么知道？"

"你的事我都听田小军说了，这是你中学时代的梦中情人。"

"对，没错。"

"你要去找她？"

高辉摇摇头，面露痛苦之色，"说实话我根本没法找她，她有老公，而且，我还没有她的联系方式，这事我慢慢跟你说吧，一句话说不清楚。总之我得回去等她，她有可能再来找我。"

"我陪你一起回去吧？"陈勇真诚地望着高辉说，"现在这种情况，两个人在一起会好一点儿。"

高辉抓抓脑袋，说："只怕不方便吧？"

"你丫就别再想床上那点儿事了，"陈勇训斥高辉，"没什么不

方便的,如果真有阴谋要杀死所有跟你有关系的女人,萧绒百分之八十是下一个。"

高辉沉默了,心里一通暗跳。

第十六章　住在对楼的荡妇

1

出门的时候，陈勇偷偷在自己的旅行包里塞了一架"掌中宝"家用摄像机。

高辉的精神状态，确实让他有点儿感到担心。

他疑心高辉在发现那些死去的女人有一半是他曾经的女友时，心理已经频临崩溃。

万一出了什么事，可以把发生的一切拍下来。最好是能够拍下点儿什么。

在偶然想到这一切也许都是高辉梦游时所做的这种可能性时，陈勇几乎越想越觉得这种可能性大了。

高辉在神志不清时，潜意识里完全有杀死潘雯的欲望。在梦游时，这种潜在的欲望会得到最大能量的释放。

对于李小洁，尽管她还没有被证实已死，但因为有了萧绒，高辉在深层心理上是希望李小洁在自己的生活中消失的。

剩下的那些女人，无非是些通奸偷情或者卖淫嫖娼的勾当，任何人都能可能希望做完那些事后，能够彻底地抹去那些事实。

"你是不是真的爱上那个萧绒了?"开车上路后,陈勇问高辉。

"可能是吧。"高辉点点头。

"你自我感觉爱的深吗?"

"可能比对潘雯那次要深。"

"我的天! 两个晚上?"

"别忘了,她是我青春时代的梦中情人,我们认真算起来是十五年了。"

"倒也是。"陈勇点点头。

"你和罗娟也有年头了吧?"高辉问。

"快六年了。我认识她的时候她还是个小孩呢。"

"不易,这一点我挺佩服你的。"

"操,"陈勇笑笑,"李小洁还是罗娟介绍给你丫的呢。"

想起那些往事,高辉也笑了。

"哎,哥们儿如果你丫真是梦游做的那些勾当的话,"陈勇尽量像开玩笑似的说,"一旦被证实了你能接受吗?"

"不能。我根本没干,怎么证实?"

"这事就复杂了,你作为社会的人确实是清白的,可作为自然人,你确实是干了那些事,这都是假设啊,一旦有一天你自我发现了这些,你会承然接受自己的罪行,或者说投案自首吗?"

"嗯……"高辉想了想,说,"我觉得我会的,如果真是那样的话,我不能控制自己的行为,我会自首的,也尽量不再让别人再受害了。"

"还行,觉悟挺高。"陈勇笑道。

"那当然,如果真那样,我怎么可能眼睁睁看着我曾经爱过的女人——死在我自己的手上呢。"

"你刚才说萧绒和你住在同一小区?"陈勇问。

"对,但是不知道是哪栋楼,这种事你也知道,她有丈夫,怎么弄都挺为难的。"

"你觉得她爱你吗? 真的要为你离婚?"

"当然,"高辉说,"她不爱我这是干嘛呢? 至于离婚,我想她丈夫肯定是个没什么情趣的人,确实也跟她不合适。"

陈勇撇嘴笑了笑,说:"我看你丫也确实是倒霉催的,好女孩那么多,怎么就和那么一个……对上眼了? 她到底哪吸引你了?"

高辉听了,心里略有些不高兴,就没搭腔,把脸转向了车窗外。

陈勇感觉了出来,心想,看上去确实是动了情了。

"我看咱们得设法找到萧绒,把情况向她说明,如果她真有可能是凶手下一个目标的话。"陈勇说。

"她倒给我留过通讯方式,可惜后来我又弄丢了。现在,几乎没可能找到她。"

"给田小军打电话,让他问萧绒的那个女朋友吧,叫什么? 李萍?"

"李萍萍。"

"给田小军打个电话吧?"陈勇说着,拿出手机。

"算了吧,我觉得萧绒还会再来找我的。"

"她三更半夜跑出来找你,不正往凶手怀里扎呢吗?"

陈勇的话也正说到了高辉心里。他最担心的也就是这件事。

"我来打吧。"高辉拨通了田小军的手机,假装寒暄了两句,问:"那天你和李萍萍互留电话了吗?"

"你是想找萧绒吧?"田小军笑呵呵地问。

"你怎么知道?"

"一猜就明白了,你丫想什么还能瞒得了我?"田小军边和高辉开玩笑,边找出李萍萍的手机电话告诉了高辉。

"你们后来有进展吗?"高辉问。

"一直没联系,我忙我广告公司的事呢。"田小军说。

"那咱们哪天再约一次去游泳吧,好好冲冲身上的晦气,顺便再给你和李萍萍提供一次机会。"

"可别这么说,"田小军赶忙往外摘自己,"我可没晦气,有晦气的是你丫的,可别把大家全说进去。"

收了田小军的线,高辉开始给李萍萍打电话,打了几乎一路,李萍萍的手机一会儿不在服务区,一会儿又关了机。

"怎么办？找不到李萍萍？"高辉说。

陈勇想了想，说："既然萧绒和你住一个小区，咱们到物业管理那儿查一下不就行了吗？"

2

"售楼处"办公室里只有张小夏一个人在值班。为了打发寂寞的时光，张小夏通常是利用值班时间读小说。

她喜欢读爱情故事，即使最无聊的爱情小说都能让她一口气读下去而忘记了时间。通常，书一读完，张小夏立刻就会背叛作者，心里轻轻地骂一声："瞎编。"

对于张小夏来说，所谓纯贞的爱情只能是停留在故事中了，现实生活里是没有的。

当然，从前她也曾相信过爱情，也曾幻想过爱情。

可现在，她认为所谓爱情不过是男女间互相利用、互相满足、甚至互相欺骗的幌子罢了。

她年轻、漂亮，每一个男人都会产生和她幽会的念头。可谁知道哪一个男人才是真的对她有真感情呢。

随着初恋和学生时代的同时结束，张小夏明白了，能够送给自己车开的男人至少才有一点儿可能是真的需要自己。

能够送给自己商品房的男人或许才稍微有一点儿对自己动情。

那些男人喜欢自己是活该，他们必须得付出代价，得拿出真诚。

这种代价和真诚怎么衡量？

当然是金钱。

既然男人们付出了，张小夏认为如果自己不接受，就太不给别人面子了。

男人们的金钱是由一张张的纸币构成的一样，
小夏的感情也是可以分割开来的……

所以,对于男人的付出,张小夏从来都是坦然接受的。

张小夏也回报他们一些感情和肉体的欢娱,但从来不把全部的自己给他们。

像男人们的金钱是由一张张的纸币构成的一样,张小夏的感情也是可以分割开来的,并且相对独立。

有时候,对于她喜欢的男人,她也可以不要求什么东西,只求能一起度过一段相对充实的时光。

这段时光当然是指晚上。

当然是送她车和房子的男人在家里陪自己老婆的晚上。

3

读小说的时候,书中男女的两情相悦让张小夏颇不是滋味。正愁下班以后的时间不知道该怎么打发时,张小夏看到了高辉和陈勇。

通常推门进来的如果是个年轻帅气的男人,张小夏的心情会比看到一个老太太或者一个老头子会好一点儿。

张小夏一看到高辉,立刻露出了笑容。

笑容里带有一丝职业性的热情,但更明显的却是女人看到自己中意的男人时所流露出的欢喜和妩媚。

干净、整洁,略显有些空荡的办公室里立刻弥漫起一股狐狸味。

陈勇一看张小夏的样子,就知道今儿算是找对人了。高辉的提问,张小夏肯定是有问必答。

“这是陈导,导演。”高辉向张小夏介绍陈勇,“他也想在咱们小区买房子,有些问题想问问。”

“是吗?”张小夏笑着转向陈勇。

“不完全是,”陈勇装着孙子说,“我有一个好多年前的朋友,早

就失去联系了,听说住在这个小区,我想麻烦您给查查,如果是的话,我倒也不妨干脆把房买在这儿,我确实也正想购房呢。"

"你那个朋友是干嘛的? 男的女的?"

"女的,叫萧绒。"陈勇边想边说,"她好像是在大学里教书,不过,房是她老公的,她老公好像是干考古这一行的,房子是她老公单位集体买的。"

张小夏暧昧地冲陈勇笑。

"你笑什么?"陈勇问。

"你很痴情啊。"张小夏说。

"噢,你误会了,这个朋友虽然是女的,但跟我……"

"你不用解释了,"张小夏笑道,"不过,也许你确实弄错了,小区里并没有什么考古队在这里集体买房。"

"也许不是考古队,可能是古文出版社,或者是什么大学考古系?"

"到目前为止,小区全部是私人购房,还没有单位集体买的。"张小夏一脸同情地看着陈勇。

陈勇和高辉互相看看。

"真的没有?"高辉问。

"当然。"

"能不能帮我查查你们的购房登记卡,有没有叫萧绒的或者有干考古类似这一行业的?"

张小夏看看高辉,做了个挤出来的微笑的表情,说:"虽然小区住户少,可也有上千家啊! 要不,我把文件档拿出来,你们自己看吧。"

整整一个多小时,高辉和陈勇埋头查看小区的住户登记,看上去像是两个认真负责的工作人员。

张小夏继续读她的小说,不时目光从书里跳出来,看高辉一眼。

高辉抬起头,和张小夏相视笑一笑,又继续埋头查找。

"按说是不应该给你们看的,这些都是为住户保密的,"张小夏说，"不过，既然你们是导演和作家，就破一次例也无所谓。"

"那就多谢了。"陈勇说着抬起头，看到张小夏在注视着趴在另一张桌子上的高辉，根本没看自己，又臊眉搭眼地低下头。

"怎么样？查到了吗？"张小夏问。

高辉和陈勇同时合上厚厚的文档，冲张小夏摇摇头。

"也许是我弄错了。"陈勇伸个懒腰，说。

高辉想起一件事，问张小夏："咱们这小区原来是不是一块坟地啊？"

"好像是吧，"张小夏皱皱眉头，说，"不过北京郊区，从前哪不是坟地啊，你得看是多早以前的从前了。"

"这一片是有一个关于女僵尸在世纪之交复活的传说吗？"

"不知道，什么传说？"张小夏一脸媚笑地看着高辉。

"说这一片的老居民都知道这事，"高辉回忆着那天晚上萧绒给自己讲的故事："好像是在上个世纪，一百年前，有一个女人冤死了，成了冤死鬼，说一百年以后要转世复活还是要显灵现身什么的。咱们这片小区开发时，据说正好挖出了那个女鬼的棺木，放出了她的冤魂……"

"噢，这事啊，"张小夏听完，笑着站起身，她走到窗前，朝外面看了看。天色已然渐渐地暗了下来。

张小夏转过身，定定地看着高辉和陈勇，说："你们看我像人还是像鬼？"

高辉和陈勇同时一愣，他们互相看了一眼，一脸疑惑。

张小夏早已哈哈哈地笑弯了腰。笑得眼泪都快出来了。

"你们想吓我，倒叫我把你们吓住了。"张小夏边笑边说。

4

从"售楼处"办公室出来，陈勇笑着看了高辉一眼，说："这小娘

们儿够骚的,我看她对你好像也有点儿意思,说实话,你还想萧绒吗?"

5

晚上,高辉和陈勇简单弄了点儿吃的。自高辉买了新房子,陈勇还是第一次来高辉这里。他在高辉家里转了几圈,对这种样式的新居宽大的客厅艳羡不已。

"以后,哥们儿要是买了房,就在这厅里支一台球桌。"陈勇环顾着墙壁,指手划脚地说,"或者就铺层地毯,什么都不搁,都可以练柔道了。"

高辉拿着一听啤酒,坐在沙发里发呆,不理陈勇的话茬。

陈勇做了几个踢腿的动作,劝高辉说:"你得去健健身了,怎么着也得在跆拳道馆报个名练两下子,你一人住这么个地方,碰上点儿什么事,没两下子恐怕还真不行。"

高辉看看陈勇,说:"难道萧绒所说的一切都是在骗我?"

"估计是。"陈勇继续做着各种武功训练的姿势。

"你丫坐下,别乱晃了,哥们儿头让你晃晕了。"高辉制止住陈勇,说,"为什么呀? 完全没道理嘛。"

陈勇坐到沙里,"啪"一声开了听啤酒,像过来人似的说:"你也别往心里去,女人嘛,喜欢撒谎是天性。我和罗娟够好的吧,她没事其实也喜欢骗骗我,我都知道,但就是不爱揭穿她,得满足她这种心理需要。"

"不懂。"高辉说。

陈勇笑了,"闹了半天你连这都不懂? 我还以为你真是情场老手呢,没想到你丫会这么嫩。"

"我当然知道女人喜欢撒谎了,可是萧绒不应该这样对我啊。"高辉认真地对陈勇说,"别的女人可以,萧绒不应该啊。"

"凭什么她不应该啊？她最应该！她跟你什么关系？不就是一夜情嘛，你这儿还惦记她呢，没准她一回家早把你这茬给忘了，专心伺候丈夫孩子去了。"

高辉摇摇头："不会的，她对我还是满认真的，这一点我能够感觉出来。而且我也有这个自信，她确实不是仅仅为了偶尔疯一次玩玩，她对我也是动了感情。"

陈勇不说话，但头摇得比高辉幅度更大，像是刚吃了一粒"摇头丸"。

"如果说我们第一夜是出于偶遇，是我带她来的，可第二夜，她可是冒了很大危险来找我的。"

"她冒什么危险？"陈勇继续摇着头说，"这些事她根本不知道，要知道了早就吓得乖乖躲家里不出屋了。"

"不不，"高辉也冲着陈勇摇脑袋，"既使她不知道那些死人的事，可来我这里也不容易啊，如果她不住这附近，跑一趟得多难啊。"

"这倒是，"陈勇凝眉想了想，说，"三种可能，一，她确实就住在这个小区里，二，她自己有车，三，她不是人，是个鬼。"

"别操蛋了。"高辉苦笑一声。

"你丫也够傻逼的，"陈勇同情地看看高辉，"说是初恋情人吧，连人住哪都不知道，人什么工作也不知道，闹得这么被动，还这儿一往情深？都他妈邪了。"

"我最担心的是，咱们找不到萧绒，可凶手却很容易找到她。"高辉忧虑地说。

"为什么？"

"因为他是凶手啊，潘雯跟我分手那么久了，我都不知道她在哪，最后都让凶手找到了。你想想？"

陈勇笑了，说："如此说来有可能是巧合。"

"那我也很担心，有一杀人狂在街上躲着，萧绒胆又大，深更半夜来找我，不正往凶手怀里撞吗？"

"你怎么那么肯定她会再来找你？"

115

"我有这种预感,今天晚上她还会来的。"

"如果她来了你准备怎么办?"

"告诉她实情,让她以后别再来找我了。无论如何这都是件危险的事,我不想把她连累了。"

陈勇点点头,说:"看来你真的对她有点儿感情基础啊。"

"当然。"高辉说。

这时候,高辉的手机响了。突然的响动把高辉吓了一跳。

"是她吗?"陈勇瞪大眼睛,看着高辉。

高辉看看手机上显示的对方电话,说:"不知道,陌生的号码。"

6

电话是张小夏打来的。

张小夏就住在高辉的对楼。晚上,她和几个情人分别通了电话,得知他们今天都没空陪自己,颇感失望。

独自守在一套没有男人的房子里,对女人来说,既使房子布置得再豪华也会显得冷清、空荡。

想到又要虚度一个漫长的夜晚,张小夏颇觉得对不住她的青春年华。

一个打发夜晚时间的方式是洗澡。洗很长时间的澡。

水很烫。那一澡盆水蓄满后简直像是个涮锅子。

张小夏把身体慢慢浸到水里,水温立刻起到了男人的作用,把她刺激得轻声呻吟了起来。

沐浴时的惬意让她暂时忘却了红颜寂寞的烦恼。

可是,当她披着浴衣从浴室出来时,烦恼又跟踪而至了。

张小夏把自己全身放松地摆平在床上,想起了住在她对楼的高辉。

7

"在干什么?"高辉接了电话后,张小夏嗲声问道。

"在和朋友聊天。"高辉说。

"女朋友吗?"

"男的,就是下午那个哥们儿。"

"这样啊。"张小夏闭上眼睛,伸手抚摸了一下自己的身体。

"你呢? 在干什么?"高辉问。

"刚刚洗完澡,正在给你打电话啊。"

"一个人?"高辉单刀直入地问。

"是啊。"

"老公不在家?"

"对啊。"张小夏颇显诚实地回答。

"准备干什么?"

"不知道啊,还不知道做点什么好呢。你呢?"

"我也正不知道该干什么呢。"高辉说。

"我知道你在干什么?"张小夏说。

"你怎么会知道?"

"因为我就住在你对楼,能够看到你的一举一动。"

"不可能,我的窗帘是拉着的。"

"那你就拉开你的窗帘,然后走到阳台上,就能看到我。"说着,张小夏从床上爬起来,首先走到了窗前。

高辉和陈勇打开客厅的窗帘,一起走到阳台上,看到张小夏拿着无绳电话正站在对楼的窗前。

"没骗你吧。"张小夏说。

看到张小夏那种风骚的样子,高辉内心略有一点儿冲动,如果不是因为要在家等萧绒,他一定会过去找张小夏的,可现在,高辉

只能拼命压抑住他那种想去性冒险的愿望。

"真想过去找你聊天,可是不行。"高辉说。

"为什么?"

"你没看有朋友在我旁边吗?"

陈勇看了两眼张小夏,转身回到了屋里。

"你是同性恋吗?"张小夏问高辉。

"不是。"

"那为什么宁愿跟男人在一起?"

"嗯……"高辉想了想,终于有些抵抗不住诱惑了,说,"这哥们儿是比较讨厌,他媳妇不在家,他闲着没事死活非要跟我聊,我呆会把他糊弄睡了就去找你,好不好?"

"那我等你。"

"好。"

"不会太晚吧? 让人家等死。"

"应该不会吧。"高辉说。

8

"你要过去找她吗?"陈勇歪着头问高辉,"如果你去的话,我在这儿帮你等萧绒。"

高辉的理智恢复了,说:"瞎说呢,让那娘们等去吧,哥们儿哪儿也不去。"

陈勇笑了笑,拿出自己那架家用摄像机,摆弄了一会儿,说:"估计是派不上用场了。"

"怎么?"高辉打个哈欠说:"你想干吗?"

"如果萧绒来了,我就拿这个偷偷拍一下,你说放在你卧室的立柜上面行不行? 不太容易被发现吧?"

"干吗?"高辉的困意来了,他眼泪汪汪地问,"你丫变态吧?"

"那倒不是，"陈勇说，"你不是怀疑小区闹鬼吗？萧绒又是学考古的。按她讲的故事，如果那个女鬼要上身，我总觉得也应该是上她的身。"

高辉像看怪物似的看着陈勇。

陈勇继续道："如果她不是人，应该在录相带里放不出人影来，如果她是被鬼附身的女人，那她的影子应该带着一层雾气，比我们正常人朦胧一些。"

"别操蛋了。"高辉又打了个哈欠，用手按着太阳穴说，"头痛。"

陈勇看看墙上的挂钟，说："我觉得今儿晚上她不会来了。"

"你怎么知道？"

"预感。"

"可我的预感是她会来的。"

"真的假的？ 真有这种预感？"陈勇颇认真地问。

"假的。既希望她来，也希望她别来。"

陈勇笑了，说："瞅你困这样，要不先去睡吧。"

"如果萧绒来了呢？"高辉问。

"你去里屋睡你的，我就在这儿的沙发上凑和了，有门铃响我叫你。"陈勇说着，歪倒在长沙发上，把腿搭在了茶几上。

"那好吧，"高辉站起身，说，"哥们儿实在也是困得不行了。"

9

高辉的脑袋一挨枕头，立刻昏睡了过去。

也就五分钟的时间，陈勇想起一件事，觉得可以用上网来消磨时间，想问问高辉能否用他的电脑，叫了两声，发现高辉竟然一点反应都没有。

陈勇在客厅独自抽了两支烟，觉得困意竟然也如潮水般袭来了，他活动了活动腰肢，走到阳台上，朝张小夏的房间张望了一会

儿，看到张小夏的窗口还亮着灯。

　　她还在等高辉吗？陈勇笑了笑，心想，这个傻娘们儿。

第十七章 灰风衣又来送血尸了

张小夏斜躺在沙发上,看着看着电视睡着了。

独自一人的夜晚,她常常是这样百无聊赖地看电视,直到困得睁不开眼睛。

中间张小夏醒了一次,电视里的节目已由电视剧换成了广告。那个叫高辉的臭男人怎么还不来? 张小夏在心里骂了一句,又迷迷糊糊地睡着了。

门铃响起的时候,张小夏吓了一跳,看看电视,荧屏上一片雪花,节目早已播完了。

张小夏犯了一个错误,她以为是高辉偷偷溜了过来,想都没想地就从沙发上跳起来去开门了。

因为一时没找到拖鞋,她干脆光着脚跑到了门口。

张小夏使用的是那种像保险柜一样的防盗门,她犯的错误是没有透过猫眼向外看一眼,就把门打开了。

站在门外的不是高辉,而是一个女人。

一个披着长长的头发,穿着长长的灰风衣的女人。

张小夏愣了,她先是吓了一跳,定了下神,才开口问:"找谁?"

无论对方答什么,张小夏都准备说:"找错了。"然后再把门关上。

可是女人并没有回答她,而是对张小夏说:"有人托我来给你送一样东西。"

　　说着女人蹲下身去,张小夏这才发现女人旁边放着一个鼓鼓囊囊的大麻袋。

　　张小夏一时没反应过来,只想到,怎么这女人说话像是个男人的声音。

　　这时,那人已解开了麻袋。

　　血尸!

　　这个有着一头长发穿着灰风衣的人给她送来了一具血尸!

　　张小夏只看了一眼,她甚至来不及发出一声惊叫,就瘫软在了地上。

第十八章　梦游症患者

1

高辉醒来的时候,看到陈勇正站在门口,面色阴沉地看着他。

"怎么了?"高辉问。

"起来吧,起来再说。"陈勇转身走到了外间客厅。

高辉莫名其妙,边穿衣服,边问:"萧绒没来吧?"

"没有。"陈勇说。

"你睡觉了吗?"高辉坐到客厅里的沙发上,端起陈勇已沏好的咖啡,喝了一口。

陈勇摇摇头。看得出来,他疲倦极了,眼睛里布有隐隐的血丝。

"怎么不睡会儿?"高辉问。

陈勇没有回答高辉,而是反问他:"昨儿晚上你做梦了吗?"

"做梦? 什么梦?"高辉一脸茫然。

"我不知道,"陈勇说,"你想想你是不是做过什么梦?"

高辉皱皱眉头,问:"干吗?"

"你先想想吧,然后我再跟你说。"陈勇点了一支烟,忧虑地看

123

着高辉。

高辉仔细地回想了一会儿,感到头脑里乱糟糟的,毫无头绪。

"好像是做了,"高辉说,"但我想不起来了。"

"有没有梦到女人?"

"我想想,"高辉拍拍脑袋,说,"好像有吧。"

"是什么样的女人? 活着的还是女尸?"

"我操!"高辉一惊,"这是什么意思?"

陈勇吐了一口烟,拧着眉头,好像是下了很大决心地说,"你真的有梦游症。不骗你。"

高辉看看陈勇,觉得他不像在开玩笑。

"不会吧?"高辉说,"从小没人跟我说过呀。如果我有应该早就知道。"

"你真不知道自己有梦游症?"

"当然。"高辉肯定地说。

陈勇一脸惊恐地看看窗外,然后又看高辉。

高辉让陈勇有些弄毛了,问:"到底怎么了? 你看到我梦游了?"

陈勇点点头。

"真的假的?"高辉有点儿急了。

"我把当时的情况用摄像机拍下来了,你自己看吧。"说着,陈勇拿出自己的那架家用摄像机递给高辉。

高辉把摄像机接到了录相机上,鼓捣好了,紧张地看着电视屏幕。

果然,高辉看到了镜头中出现了自己,只是因为当时光线太弱,画面里的景物根本看不清楚。尽管这样,高辉还是一眼就认出了那个僵直着身体晃动的黑影就是自己。

画面时断时续,大部分时间根本没有影像,只是一片漆黑。

"你怎么拍到的?"高辉问。

"我刚躺下,还没睡着,然后就看到你起来了。"陈勇说。

"你知道我在梦游?"

也看见自己的背影拉开了一扇铁门，走进了房间……

"能看出来。不过我还是轻轻叫了你两声,但你根本没反应。"

"为什么不叫醒我?"

"我没敢,"陈勇想了想,说,"我是为你好,怕突然叫醒你,会吓到你自己的。听说叫醒梦游者,会给他落下毛病。"

"我都干了什么?"

"你开门,出去了。"陈勇说。

这时,画面里还是一团漆黑。

"你一直拿着摄像机跟着我?"高辉问。

陈勇点点头。

"我干了什么?"高辉问。

"你去了对楼。"陈勇说。

这时,画面能看清楚一点儿了,高辉已经走到了楼下,借着昏暗的路灯,高辉像个木偶一样地向前走着。当拍到高辉走进张小夏的那个单元楼道时,画面又几乎看不清楚了。

高辉紧张了起来,他看着陈勇,低声问:"我干了什么?"

陈勇摇摇头,面部略有些痉挛,他颤声说:"你没干什么。"

"没干什么?"高辉勉强笑笑。

"是,"陈勇说,"你只是走到了一户人家前,可能就是那个叫张小夏的门口吧,然后开门走了进去。"

高辉瞪大了眼睛。

"门没锁,"陈勇解释说,"你看吧,一会儿就拍到了,屋里有灯,里面的情况应该拍得很清楚。"

"我干了什么?"高辉惊恐地看着陈勇。

"你真的没干什么,"陈勇说,"只是屋里有一具……尸体。"

高辉的眼皮突突地跳动了起来,他使劲眨了一会儿眼睛,然后定定地看着陈勇。

"一会儿就到了,你别问我了,自己看吧。"陈勇说。

高辉盯着电视,画面突然变亮了,他看到自己的背影拉开了一扇铁门,走进了房间。

2

看完录相,高辉人已经木了,他呆呆地望了会儿天花板,然后就哭了。

"跟我没关系。"他哭着说。

"我知道。"陈勇安慰他。

"跟我没关系,不是我。"高辉哽咽着。

"我知道。"陈勇说。

可是高辉仍然在哭。陈勇等了一会儿,看到高辉仍然止不住哭泣,只得独自抽烟,然后在屋里乱转。像是个等待孩子不再哭闹的没办法的父亲。

待高辉平静下来,陈勇说:"你觉得应该怎么办?"

"我不知道,"高辉说,"你没报案?"

"没有。"陈勇说。

"就是说尸体还在那间房子里?"

陈勇点点头。

"如果报了案,我们会不会真的说不清楚了?"高辉面露恐惧之色。

陈勇叹了口气,没说话。

"现在我们应该怎么办?"高辉问。

"不知道,"陈勇摇摇头,说,"要不,现在报案?"

"你觉得,会不会真的是我做的,如果我有梦游症的话?"

"我不知道。"陈勇说,"不过,你不用担心,这种可能性很小。"

"怎么?"高辉看着陈勇。

"我担心,有一种可能性是我拍到你梦游的时候,已经是你第二次出去了。因为我毕竟在沙发上眯了一会儿,我自己觉得很短,也许时间很长呢,我不知道。"

"那我第一次出去干吗了？"

陈勇没有回答，只是看着高辉。

高辉旋即明白了，立刻吓得自己出了一身冷汗。

"不不不……不可能的。"高辉说。

"谁知道呢？但是这种可能性毕竟还是有的。"陈勇说。

"我求你件事好吗？"高辉咽了口唾沫，艰难地说，"暂时先不要报案。"

"好的。"陈勇同情地看看高辉。

"我想先找到萧绒，至少看她一眼，再去公安局自首……"说着，高辉泪如涌泉。

"我答应你，"陈勇说，"这件事我跟谁都不说。"

"谢谢。"

"不过你也真的不用担心，退一万步，真的是你，你也是因为有病，而不是故意杀人的。再说我根本就认为不是你。"

"怎么呢？"高辉茫然地问。

陈勇笑了："那个女人的整张皮都被剥了，你怎么会在那么短时间内做到呢？如果真是你，那倒叫我对你肃然起敬了。闹了半天，原来是你。"

高辉觉得陈勇的幽默来的不是时候，嗫了嗫牙花子，没说话。

"你父亲是搞医学的？是吗？"陈勇问。

"嗯。"高辉点点头。

"你不懂解剖吧？"

高辉摇摇头："我真的一窍不通。"

"我觉得你应该先回去问问你父亲，也只能问他了，你梦游的事。"陈勇说，"如果不是出自遗传，可能就是最近这段你太紧张了，偶然发生的。"

"嗯。"高辉点点头。看样子，他似乎完全被发生的事情击垮了。

陈勇不忍看面色惨白的高辉，他走到阳台，看着对面的楼。

昨天那里还有一个让人心如撞鹿的妖冶女人在窗前卖弄风

骚,今天,那里却成了让人想想都觉恐怖的凶案现场。

高辉也跟在陈勇后面来到阳台上,看着对楼。

"昨儿晚上的事,你一点儿都不觉得害怕?"高辉说,"跟着一个梦游者,然后又拍到了那么个狰狞的女尸?"

"说实话,我有点儿害怕。"陈勇说,"不过,我想拍的也就是这些,倒也如我所愿了。"

"……"

"我害怕的是凶手可能就在这附近,这地方,咱们不能再呆了。"

"……"

"坚强点,没事的。"陈勇转过身,对高辉说。

"我知道。"高辉说。

陈勇看看高辉,问:"真的有萧绒这个人吗?"

"当然,难道你不信我?"

"那倒不是,可是你又跟她没法联系,难道还要在这儿等吗?"

高辉不知道该怎么办了。他嘴角嗫嚅了两下,没说话。

"你去没去过萧绒家?"

"当然没有。"

"我是说从前你上学的时候,有没有去过她父母家。"

"那时候我倒是常跟踪她,但没去过她家,只知道她住的楼。"

"实在不行的话,我想你只能凭记忆去她父母家打听她的情况了。"陈勇想了想,说。

"说实话,我实在记不起她住在哪儿了。模模糊糊还记得大致的地方,有那么一片居民区,有那么一栋旧楼……恐怕是找不到了。"

"我建议你还是应该凭记忆找一找,你这里我们不能总呆了,关于你梦游的事,你应该先去问问你父亲,我觉得。"

"好吧。"

3

高辉的父亲叫高渐离。

高辉死活想不明白，为什么自己的爷爷会给儿子起这么个名字。

如果他们家姓荆，那他父亲会不会就叫了荆轲？

历史上的高渐离是个乐师，可是高辉的父亲却对音乐一窍不通。

这个做父亲的高渐离是个医学泰斗。

高辉从来不知道他的父亲是研究什么而成为的泰斗，在他的眼里，父亲只是个虚弱、木讷、不爱言谈、行为孤僻的老人。

自从买了自己的房子以后，高辉很少回父亲家。偶尔回来，也是因为太晚了，来这里借宿的。

父亲很少出门，高辉回家的时候，总会看到父亲在伏案工作，老人坐在电脑前，从背后望去，他那花白又稀少的头发往往令高辉感觉到一种生命的悲哀。

到了七十岁这样的年纪，活着跟死去真是没什么区别。

在年轻人看来，有时甚至还不如死掉的好。

事实上高渐离的身体很好，他独自生活，起居全部自理，家里连保姆都没请。

高辉提出过给父亲请一个保姆的事情。但是，被父亲拒绝了。

理由是：我的身体很好，我可以自己做饭、买菜、取报。

高辉相信这些，他只是觉得父亲实在是太孤独了。而这种孤独又完全是高辉所不能安慰的。

也许到了七十岁这个年纪，人已经没有性欲了吧。高辉这样想。

高辉不愿意回家的另一个原因是高渐离似乎也并不欢迎高辉

129

回来。

高渐离从五年前开始写一部自己的回忆录，几乎每天，甚至每时每刻都沉浸在自己的回忆里。

他对高辉往往视而不见。

父子之间竟然没有一句话，这也是高辉不愿意回家的原因。

对于高辉来说，父亲事实上只是一个奇怪的陌生人。

高辉很少正视父亲的脸。这是因为高辉曾经看过一张父亲年轻时候的照片，当时三十岁左右的父亲竟然跟高辉长得一模一样。

既使是父子，他们长得也是过于相像了一些。

这个发现让高辉一度非常恐慌。

难道我老了以后也要像父亲现在一样吗？满脸满手的老人斑，眼皮下垂把眼睛弄成了三角形，背驼得像是一匹真正的骆驼。

那简直太吓人了。

高辉一想起这件事，就会不自觉地为自己将来的老年生活担忧。

4

为了不致影响父亲的工作，高辉蹑手蹑脚地打开了门。

通常高辉回来时，都是轻手轻脚的。每回，在儿子的心中都隐隐地希望父亲不是一个人在家。难道他真的没有一个女人吗？

在高辉的记忆里，自从母亲死后，父亲好像真的没有女人。

二十多年啊，这怎么可能？

也许家族里的那点色欲全都隔代遗传给了高辉？

家里一点声音都没有。客厅里没人。书房的门关着。

高辉敲了敲书房的门，没有动静。

等了一会儿，高辉断定父亲出去了。他推开书房的门，看到了一幅令他非常惊讶的画面。

父亲在家。他竟然在哭。

看到高辉，高渐离愣了。泪水还挂在他的腮边，眼睛里却流露出一种类似婴儿的无知和无助的神情。

高辉犹豫了，不知道该退出去，假装没看见眼前的一切，还是应该说点什么。

"你回来了?"还是父亲先开了口。

"是。"高辉说。

"好。"父亲冲高辉笑笑。

"您怎么了？出了什么事?"高辉问。

"到客厅等我吧。"高渐离冲高辉挥挥手。

高辉满腹狐疑地坐到客厅沙发上，像是来到了陌生人家坐客一样，有点儿不知如何是好了。

看来父亲是有话要跟自己说了？难道他知道了自己遇到的麻烦？高辉想。

一会儿，高辉看到父亲慢慢从书房走了出来，小心地像是怕会跌倒一样，脚步贴着地面地挪动。

"出什么事了?"高辉问。

"我的电脑出了病毒。"高渐离痛苦地说。

"?"

"我的文件全部丢了。我的回忆录。"

"……可以找专家来看看，或许能找回来。"高辉心里松口气，原来是为这件事。

"算了，不找了。"高渐离挥挥手，"这两天我也想明白了，无所谓的事。"

"可那是您五年来的心血啊。"高辉说。

"无所谓的事，写不写都无谓。"高渐离有气无力地说。

"怎么就会突然出了病毒呢?"

"不知道，可能是我的网站被人侵入了吧。"

"怎么会?"

"总之是突然一片血红，然后……然后……"高渐离的目光中

露出恐怖之色，"我想，这肯定是她干的……"

"谁？您说谁？"

"一个女人。"

"一个女人？"

"对。"高渐离点点头，长嘘了一口气，像是如释重负，又像是在慢慢整理自己的思路。

"您的作品没有打印或者存软盘？"

"最初的一点存了软盘，后来，后来有点儿大意了。"高渐离摇摇头，样子似乎对自己的回忆录已经完全不感兴趣了。

"您有什么事要告诉我吗？"等了一会儿，高辉问。

高渐离点点头，他看了高辉两眼，把头转开，说："你还记得当年你妈妈死的事吗？"

"记得。"高辉说着心里一沉，想起母亲的死，他就会记起自己小时候因为发烧而起的胡思乱想。

"你妈妈是怎么死的？"

"被车撞的。"

"不。"高渐离摇摇头，说，"这件事瞒了你这么多年，我想现在也许应该告诉你了。"

高辉紧张了，他看着父亲。

"你妈妈事实上，是自杀的。"

"怎么会？"

"她是自杀的！"高渐离点点头。

"妈妈为什么要自杀？"

"为什么？"高渐离想了想，自言自语地说，"为什么？"

"是啊？好好的，妈妈为什么要自杀？"

"因为……因为……"高渐离流露出痛苦的表情，他脸上肌肉抽搐了两下，说，"因为她被人泼了硫酸。"

高辉瞪大了眼睛。

"那天你在发烧，你妈妈离开你以后，在去上班的路上，被人泼了硫酸，整整泼了一脸，她的头发、眼睛、鼻子，全被烧得没有了。

她住了很长时间医院,因为你当时太小,才没有把真实的情况告诉你。"

"然后呢?"

"你母亲被救过来以后已经完全被毁容了,她没法见你,也不愿你去见她,后来,她在医院割腕死了……"

高辉吸了口凉气,问:"是谁干的? 为什么要泼硫酸给……"

"是……"高渐离脸上的痛苦之色更深了,"是一个女人。"

"一个女人? 一个什么样的女人?"

高渐离沉默了,他看着窗外,呆了许久,说:"有些事也许……还是永远不告诉你为好……"

"可是你已经说了。"

"是,因为这个女人又出现了,二十三年了,她又出现了。"

"她到底是谁?"

"她叫金月琴,我认识她的时候,她三十多岁,一直没有结婚,甚至似乎连恋爱都没有谈过,她……"

"她是你的情人?"

"不,"高渐离摇摇头,"她是国内数一数二的生物工程学的女科学家,我们是在一次较高规格的学术研讨会上认识的。我们几乎同时被对方吸引了。"

"她是你的情人?"高辉再一次问。

这回,高渐离点了头,他说:"开始我只是被她搞学研的献身精神打动了,还不到四十岁,她已经是国家尖端技术的国宝级人材了,她的一生,她的整个青春岁月都献给了科研工作,在学术界,她被称为中国的居里夫人。"

"中国的居里夫人?"

"当然,这个称谓不恰当,只是……"

"我明白。"高辉说,"只是说她的献身精神。"

"对,"高渐离点点头,"是我爱上了她。我错了。在我的一生中,这是我犯的最不可原谅的错误。"

高辉静静地听着。

"如果不是因为我,也许她不致于被毁掉。"

"毁掉?"

"对。是我点燃了她身体里的情欲之火,在此之前,她根本不知道世上还有这种东西。同时,也是她唤醒了我对爱的渴望。"

"你……?"

"是,我。"

"当时,有没有我? 有没有妈妈?"高辉问。

"当时你八岁。"高渐离痛苦地说。

"你……?"

"完全不一样,"高渐离摇摇头,"我和你母亲是一种平淡的温情,和她,却是燃烧的激情。"

"我无法想像,也无法相信。"高辉说。

"我想你应该能够理解,一个四十年没有真正爱过的男人和一个三十七年根本没碰过男人的女人相遇所产生的那种……"

"我理解不了。"高辉说。

高渐离叹了口气,说:"我们彼此也被那种汹涌的感情吓坏了,想断,断不了,后来……"

"怎样? 后来怎样?"尽管,高辉知道这种追问对父样很残酷,但他还是忍不住问道。

"也许我们真的做情人,一切都会避免了,她并不希望我能离婚和她生活,那时,也不兴这个,她只希望生命中能够有我……可是,我……我害怕了,她是那么一个热情如火的女人,我怕被她迷住,害怕难以自拔,事实上,我早已经难以自拔了,她也是同样……我想回到你母亲身边,提出和她彻底断了……结果……"

"怎么样?"高辉秉住了呼吸。

"结果她疯了,多次找我,求我,然后她就恨上了你的母亲。"说到这里,高渐离的声音又哽咽了。

"后来呢?"

"做出那件事后,她被判了十五年的刑。"高渐离的泪水终于滚了出来。

"你们没再联系过？"

"我去监狱看望过她一次，因为她是国家尖端技术人材，在里面，据说依然可以从事研究工作。"

"后来呢？"

"后来我们没再联系过，她出来以后也没找过我，据说她没有回到原先的科研所，不知道去了哪里，有一种说法，说她去了美国，被美国一家大公司聘去了，做一种搞不清名目的实验。"

"您认为……"高辉看看父亲，"您电脑的病毒跟她有关？"

"是。"高渐离沉痛地点点头："到了现在，我什么都不必隐瞒你了，这些年，我一直有一个亲密的网友，我们没见过面，但在网上却无话不谈，她对我实在太了解了，我从没想到过那个人也许就是她，当然，也许真的不是，但愿不是……"

"你们都聊什么？"

"所有的一切，就像一场恋爱，生活经历，往事，也包括一些医学问题，甚至各自的家庭以及儿女的状况。"

"你也询问过她的情况吗？"

"当然。如果她所说的是真实情况的话，她应该是个五十岁的女人，丧夫，带一个女儿。"

"病毒是什么时候出的？"

"两天前，"高渐离咳嗽了两声，弄得眼睛里重新涌出了泪水，"当时我正在写东西，突然屏幕一片血红，然后出现了一张女人的脸，还有一句话，然后就什么都没有了。"

"女人的脸和一句话？"

"一个非常漂亮年轻的女人，然后在眨眼之间变老了，头发花白，肌肉松弛，然后又迅速变成了一个骷髅。我想那是许多张照片的连续叠放，在其中，我看到了金月琴，还有你妈妈的脸，一闪而逝。"

"那句话呢？写得是什么？"

"话我没完全看清，好像是'我会再来找你的'之类的，总之是个威胁性的句子。"

　　这是个威胁性的句子吗？高辉突然想起萧绒留在自己浴室镜面上的那句话，为语言的多义而有些微微感叹。

　　同样一句话，如果是敌人的留言是多么可怕，而换成了情人，又显得那么浪漫和甜蜜。

　　"您想怎么办？这件事。"过了一会儿，高辉问。

　　高渐离把头靠在沙发背上，闭上了眼睛，缓缓道："我什么都没想。也许这次事故只是某个电脑迷的恶作剧也说不准，也许那些影像只是我看花了眼，现在，一切我都无法确定，毕竟我老了，太老了……"

　　老人似乎渐渐地睡去了。

　　高辉想起这次回家的目的，轻声叫了声："爸爸。"

　　"怎么？"高渐离睁开眼睛。

　　"我想问你，我是不是有梦游的毛病？"

　　"梦游？怎么会这么问？"高渐离挑挑眉头。

　　"嗯……"高辉想了想，说，"前一段和一个朋友写电视剧，在宾馆同住，他说我梦游，有鼻子有眼……"

　　"碰到什么事了吗？"

　　"没有。"

　　"没有？"高渐离看看儿子，"你在精神极度紧张时才会梦游，是偶发性的，高考那年你有过一次，那是我知道的唯一的一次。"

　　"您从来没告诉过我？"

　　"我是搞医的，那没什么，很正常。"高渐离说着重新闭上眼睛。

　　"我会在梦中杀人吗？"高辉突然问。

　　高渐离面部颤抖了一下，"胡说。"

　　"会不会我清楚时已经忘却的事，梦游时会重新记起，比如某个地方，某个人，会做某种完全难以理解的事。"

　　"到底怎么了？出什么事了？"

　　"我高考那年梦游都做了些什么？"高辉追问。

　　"你……"高渐离想了想，突然笑了，"你在穿裙子，往自己嘴上涂口红，转了一圈，又自己卸了装，没事人一样睡了。"

"我哪来的裙子和口红？"

"是你妈妈的，你妈妈都从未穿过和用过，是我当年出国参加国际研讨会时给她买的。东西藏在家里的衣柜里，结果一下被你就找到了。"

高辉皱紧了双眉。

"我想你是想你妈妈了，在意识深处，你很需要你妈妈，才会那么做。"高渐离深情地看着儿子。

高辉的脸色白成了一张带褶的手纸。

137

第十九章　黄疸性肝炎

1

"到底出什么事了?"高渐离问高辉,表情严肃起来。

"我……我可能,杀人了。"

"杀人? 怎么回事?"高渐离一惊。

"我从前的几个女友都死了,就是最近这段日子的事,昨天,住我对楼的一个女人也死了,而我在梦游。我不知道这是怎么回事?"

"你想杀死她们吗? 那些女人。"

"不,清醒的时候,我真是从来没想过。在梦中,我会不会变成另外一个人? 变成一个仇恨女人的人?"

高渐离摇摇头,"这种可能性当然有,但这只是极端的例子,你要知道,你说的情况在现实生活中非常罕见的。"

"那是一种病吗?"

"对。一种非常罕见的病。死了这么多人,警方找过你吗?"

"只在我发现自己楼前那具尸体时,问过我一些情况。"

"我想他们在调查你,或者很快就会来找你了。"

"目前他们还不知道那些死者大部分跟我有过关系。"

"如果他们知道了,"高渐离叹息一声,"据我的经验,你会被做为犯罪嫌疑人收审的。"

"那我该怎么办?"

"如果事实证明真是你做的,你也不会死的,因为你有病。不过,我想那不是你干的,你放心好了。"

"那会是谁干的?"

高渐离笑了,说:"当然是另外的人,别人。"

"他们为什么要那么干呢?"高辉像自言自语地问。

"也许是偶然的巧合,也许是某个很爱你的女人。"

"很爱我的女人?"高辉问。

"是啊,很爱你的女人。"

高辉想不出会是谁,从小到大,高辉从来不知道哪个女人真的爱他。萧绒? 李萍萍? 还是另外那些早已记不起的名字或面孔?

是谁在黑暗的深处偷偷地爱着高辉呢?

以一种令当事人根本无法接受的方式去爱他,这是一件多么恐怖的事。

高辉回想了一下自己的情感历程,确认没有哪个女人会这么疯狂地爱自己。

可是命运很不公平,高辉却知道他在爱着别人,现在,是萧绒。

高辉站起身。

"你要去哪? 去公安局吗?"高渐离问。

"我得去找一个女人,"高辉望望父亲,"也许下一个就会轮到他了。"

高渐离冲高辉微笑了一下,笑得凄凉,悲惨。

"我们都毁在了女人手里。"高渐离说,"这是命啊。"

2

　　"你认为是这吗？"陈勇开着车在一片灰暗的住宅区里已经绕了三个弯子了。

　　"这一片肯定是没错了，"高辉看着车窗外，"那时候我常跟踪萧绒回家，看着她进楼道口再离开，她住在一个矮楼的一层，我见过她进屋。"

　　"什么样的矮楼？"

　　"很旧，四层或五层的样子。"

　　"看起来这一片都是这种楼型。"陈勇说。

　　"好像在路边，但是单元门却是冲里开的。在路边只能看到楼的窗户。"

　　"那栋，那栋像不像？"陈勇停了车，用手指着一栋破败的旧楼。

　　"碰碰运气吧。"

　　天气不算好，没有太阳，风很冷，世界一片灰暗。

　　高辉在走向那栋旧楼时，有一种走在梦里的感觉。

　　第一个单元，左首的门。门板很旧，油漆干裂、斑驳。

　　"你觉得是这儿吗？"陈勇问。

　　"不知道。"

　　"感觉呢？"

　　"没感觉。"高辉木然地站在门口。

　　"敲门啊？"

　　高辉抬起手，又放下了。

　　"怎么了？"

　　"我想起了过去的一件事。"

　　"什么事？"陈勇吸吸鼻子。

　　"什么事并不重要，关键是借着那件事，我想起了萧绒的相貌。"高辉皱着眉说。

"萧绒的相貌?"陈勇笑了。

"我觉得好像那两晚和我在一起的女人和我记忆中的萧绒并不是一个人。"

"不明白。"陈勇愣愣地看着高辉。

"我脑子乱了。"高辉叹息。

"敲门吧,都到这儿了。怎么都得试试。"陈勇鼓励高辉。

高辉轻轻敲了几下门,没有人应。等了一会儿,高辉只得加重了些力量继续敲。

"谁呀?进来吧。"一个女人的声音。声音苍老、沙哑,听得出来,说话的人在努力提高自己的嗓门,但声音依然微弱得像一盏油灯。

门没有关,虚掩着。高辉推开门,犹豫着不知是否该进去。

"是谁?往里走。"还是那个微弱的声音。

高辉和陈勇对望了一眼,走了进去。

屋里的一切看上去像是很长时间都没人认真打扫了,感觉墙上和家具似乎都落满了灰尘。

一个苍老的女人躺在一张大床上,她背对着高辉和陈勇,冲着墙,身上盖着厚厚的被子。被子已经很脏了。

"你们找谁?"女人没有转过身的意思,就那么僵直着说。

"请问,这里是萧绒的家吗?"高辉问。

"萧绒?你们是谁?"女人警觉起来,她动了两动,说,"我的身子动不了,你们站到床这边来说话。"

高辉和陈勇转到女人面前,看到了一张苍老的女人的面孔。女人的脸上没有任何生气和光彩,一片失血的煞白。

"你们是谁?你们是萧绒的什么人?"女人问。

"我们是她的同学,"高辉说,"初中同学,最近学校要开校友会,我们来通知她的。"

"同学?校友会?"女人一动不动,眼睛向上翻着,定定地看高辉和陈勇,脸上流露出一种说不清的表情。

"嗯……也许我找错地方了。"高辉被那女人看得有些后背发冷了。

"你们没有找错地方。"女人说,"坐吧,孩子们。"

高辉没坐。陈勇也没坐。他们像看尸体似的看着那个老女人。

"你们来晚了,萧绒已经不在了。"过了许久,老女人开口道。

"不在了?"高辉脑袋嗡地一下子。

"她死了,十八岁那年就死了。"老女人的眼角流出两颗混浊的泪。

高辉木然地站着。

"十八岁那年,她得了一场大病,没救过来,"女人两粒泪过后,语气平静地说,"可惜了,真真是要了我们的命啊,我们就这一个闺女啊。"

"她、她、得的是什么病?"

"黄疸性肝炎,黄疸性肝炎,按说,不该的……"

高辉感到自己的心跳慢慢加剧了。眼前的一切同样像是场噩梦。

"你们坐吧,她爸爸去买饭了,一会儿就回来,"女人温和地说,"等他爸爸回来让她爸爸给你们说吧,说说我们丫头多可爱,多招人疼,多可怜。现在我要不行了,也没个人陪在身边,我这病啊,就得等死了,医不起啊,也是医不好的。"

"您是什么病啊?"陈勇问道。

"脊椎癌,等死的东西。"女人恨恨地道。

"那,我们就走了。"高辉看看女人,说。

"别走,别走,等她爸爸回来,跟你们说说,你看看我们闺女长得多俊俏,墙上挂的就是。"

高辉转过头,果然在墙上看到了萧绒的照片。

遗相。

一个漂亮的女孩微笑地看着高辉,仿佛在说:"你来找我啦?"

高辉有一种天旋地转地感觉,想吐,却吐不出来。

"你来找我啦？你来晚了，我已经走了。"

十几年前的记忆变得清晰了，又模糊了。这才是那个他曾经深深而又盲目地喜欢过的女孩。

"你到那个世界里去找我吧，我不会回来了。"

蒙尘的记忆被擦亮了。像是被突然擦亮的银具，亮得耀眼，亮得让人眩晕，亮得使人疑心走进了另一个世界。

"我现在就等着了，"那个躺在床上的苍老的女人突然高喊了一声，"等着去那边找我闺女！"

3

高辉的腿发软了。

从屋里走到汽车里，似乎过去了整整一百年。

高辉坐到副驾驶座，系上了安全带。

"怎么回事？"陈勇问道。

"我不知道。"高辉说。

"你遇到鬼了？"

"不，是另一个女人。"

"另一个女人？"

"前一阵子和我在一起的是另一个女人，我完全陌生的女人。"

"你不会是在做梦吧？"陈勇关切地看着高辉。

"她不是萧绒。"

"真有那么回事吗？一切是不是都是你的幻觉？"

"幻觉？现在，你也是我的幻觉吗？"

陈勇笑了，有点勉强，"我当然不是。"

"怎么可能是我的幻觉呢？"高辉问，"一个大活人在你怀里。"

陈勇耸耸肩膀。

"难道一切真的是我的幻觉？"高辉看看车窗外的世界。世界

显得很不真实,烟摊,行人,灰暗的楼群。

"对于什么人,对于什么东西我能真正地说,我了解!"陈勇说道,"还记得加缪在《西西弗斯神话》里这段话吗? 世界是荒谬的,我们都是流放者,人与他的生活的分离,演员与舞台背景的分离,构成了这世界真正的荒谬感。"

高辉点了一支烟,努力想让自己冷静下来。

陈勇摇下了一点儿窗玻璃,说:"和你过夜的女人和墙上镜框里的那女孩一样吗?"

"有点儿像,但肯定不是一个人。"

"现在,你觉得谁更像陌生人?"

"是镜框里的女孩。说实话,我真的忘了当初我爱上的女孩长得是这模样。"

"也就是说在你的记忆里萧绒早就不存在了?"

"可以这么说,如果不是今天来这里,我还是唤不起从前的记忆。"

"我们爱上过许多女人,其实她们只不过是一个人罢了,是我们从自身爱好出发而选定的某种女人的式样,她们是我们自身情趣的镜子,我们爱上的女人其实互相是相像的、相近的,像是一个人,或者就是一个人。"陈勇看看高辉,"这是普鲁斯特说的。"

高辉笑了笑,"大师就是大师,这是精僻的歪理!"

"你梦游,你幻觉,记不清从前女友的相貌,现在你想怎么办?"

"我还是想回去等她,那个女人。"

陈勇摇摇头,"不会有结果的,一切都是你的幻觉、臆想。"

"你真这么认为?"

"一切都是你自己说的,事实又如此荒谬,别人只能这么想。"

高辉点点头,说:"我确实是个常常有幻觉的人,小的时候更厉害,整天被想像出的事实所困扰,可是现在,我真的对自己置身如此境况有点难以置信,你明白吗?"

"我明白,换了我也一样。"

"所以我必须得回去等,凭直觉,那个女人是爱我的。她会再来找我的。"

陈勇忧虑地说:"有的时候,强劲的幻想会变成事实,尤其是被幻想出来的女人,也许会真的出现在生活中,那太可怕了,如果她真的是幽灵,你怎么办?"

"只能到时候再说了。"

"我不能陪你回去了,"陈勇充满歉意地说:"罗娟拍完戏回来了,估计现在已经在家了,我得回家陪她。"

"把你的车借我用,好吗?"

"这没问题,"陈勇咬咬牙,"大不了我再买辆新的。"

4

高辉的手中握着一把刀。一把逢佛杀佛遇祖杀祖的刀。

刀在手上,也在心里。刀给了他力量。

挡在高辉眼前的是四个女人,四个女魔头。萧绒、李萍萍、李小洁、潘雯,她们赤身裸体,冲着高辉在笑,可每个人手中也都握着刀。

高辉知道,如果自己要想闯关,就只能把眼前这些人全杀了。

高辉的刀砍了出去,砍在了"萧绒"的脸上。

一声惊叫,一片血红。

"萧绒"死了,疼的却是杀人的高辉。

心疼。

一个人的时候,高辉喜欢在电脑上玩这种情境设计游戏,把基本境遇和人物关系设定上去,随着游戏的开始,最后会演变成一种游戏者完全出乎意料的结局。

于是高辉就把他最近这段日子的情况编了进去,并且输入了相关人员的名字,高辉把那个自称为萧绒的女人设计为 X。

尽管游戏总是一成不变地发生在野蛮的洪荒时代,人们互相杀来杀去,敌友不分,但高辉却觉得一切跟自己生活的时代没什么两样。或者还更本质。

高辉玩得十分投入。有一次他把 X 女士当成了朋友,吸入自己一方共同闯关,没想到却背后挨了一刀,同时电脑上显示出提示:"笨蛋,看错人了。"

还有一次,高辉历尽周折,杀了他要追杀的女魔头 X 女士,本来游戏该顺利结束,没想到电脑上却打出了:"笨蛋,她是你的朋友,请继续找你的敌人。"

玩累了,高辉就拿一杯啤酒坐在沙发里闷喝。

高辉觉得自己真的是个笨蛋,大笨蛋。

很多次,高辉玩进去以后,总不自觉地把游戏当成了现实,误杀朋友 X 女士那次就让高辉流了眼泪,然后伤心地关了电脑。

有时候甚至高辉根本就觉得自己的真实生活就是活在游戏里,一个由别人设定程序的游戏里。

一切都由别人操纵。

是谁?却不知道。

不,他不仅是活在电脑游戏里,而且还活在一个博尔赫斯式的迷宫里。有时候高辉悲观地觉得自己干脆就像博氏小说里一样,是一个影子而已,由别人的想像而产生的幻影。

高辉想起来了小时候的事,那时候父亲喜欢在高辉临睡前给他讲故事。后来高辉上了大学,才知道说英文出口成章的父亲给他讲的故事全都是来自一本书,一本英文的小说。那就是奥威尔的《1984》。

其中有一段细节给高辉幼小的心灵留下了不可磨灭的印象。

"将来啊,世界上将出现一个大坏蛋,被称为大兄弟,"父亲坐在高辉的床边讲道,"他就像孙悟空一样神通广大,但是他很坏无恶不做,谁也不知道他是谁,谁也不知道他长什么样子,他是隐形的。有一天,他靠法力捉来一个人,伸出两个手指,问他是几?"

"是几?"小高辉问。

"两个手指当然是二了,那人就回答是二。于是他受到了折磨,死去活来。大兄弟又伸出两个手指,说,这是三,知道吗? 就又问他是几,他还说二。"

"他又被打了一顿。"

"对,真聪明,后来那个人没办法,当大兄弟再伸出两个手指问他几时,就违心地说三。后来怎么样了呢?"

"把他放了?"

"不,他又被打了一顿,因为他说的是违心的话,他眼中看的还是二。"

"后来呢?"

"后来那个人总是挨打,受不了,只要大兄弟一伸出两个手指,他的眼中出现的就是三个手指。他就说三。"

"这怎么可能呢? 将来的事你怎么会知道?"

"咱们不知道,可有人知道以后的事啊,比如算命先生。因为将来和现在以及过去都是相对的,二和三当然也不是绝对的。你长大了就懂了。"

现在,回忆起那段童年往事,高辉觉得自己简直就是那个被大兄弟拷打的人,而那个大哥大却是隐形的,他不知道折磨自己的人到底是谁?

要想走出迷宫,首先要找到那条阿利阿德尼线。这是传说中唯一的方法。

谁又是那条线呢,是不是那位神秘的 X 女士?

她是人是鬼? 真的是从这一片小区的地下飘出的恶鬼吗?

还是另一个被恶鬼附身的女人?

5

高辉等了两天。两个难以成眠的夜晚,两个借酒浇愁的白天。

有时候,高辉会拉开窗帘向对楼望一望。他不知道那具尸体

是否还在那里,房间的灯一直亮着,白天看不出来,晚上却像一个安静祥和的小家庭在过着平常日子。

尸体是已经被警方发现抬走了? 还是这两天根本没有人来过,还没有被发现?

高辉搞不清楚。

他不敢入睡,实在困得不行,高辉会把自己捆住。

醒来的时候,绳子还在系在自己脚腕和手腕上,看不出来是否曾被自己梦游时解开过。

高辉想到了死。他跪在地上,一颗子弹从他的后脑穿过。

血是黑色的,风刮得很阴,很冷。

死亡的想像让人空虚,而他的死亡却是世上最可耻,最没有尊严的一种。

如果一切解释不清,这就是他的终极命运。

高辉害怕这种结局,与之相比,其它的残暴凶手或者是僵尸恶鬼,他已经根本不害怕了。

他甚至期待着他们的出现,以证明自己的清白。

到了第三天的时候,"鬼"终于出现了。

高辉是一个不能没有女人的男人,在等待的三天里,他手淫了一次。

当时他幻想的是张小夏,当然是活着时的张小夏。

当张小夏的面孔突然变得狰狞时,高辉到达了高潮。

然后高辉吐了。他幻想的身体现在也许早已经腐烂变臭了,被剥去了皮的面孔上爬满了密密麻麻的白色的蛆虫。

这个身体只和他一楼之隔。

6

"鬼"是在下午出现的。她站在高辉的楼下。

高辉是下楼想去买啤酒时看到她的，尽管是白天，高辉还是被吓了一跳。

　　他本能地想喊："萧绒。"

　　可立刻想到了那个在十八岁时得黄疸性肝炎死去的女孩。

　　萧绒早就死去了。

　　十八岁的脸，平静、安详，面若淡金。青春和美丽早已随风而去，化成了灰、土，或者这世上哪一块草坪上的小草，或者变成一颗飘荡的幽怨的灵魂。

　　高辉愣愣地看着那个女人。

　　女人笑了，笑得很好看，"没想到吧？"

　　高辉后退了一步。

　　"怎么了？"女人笑着问，"不认识我了？"

　　"你是谁？"

　　"我是萧绒啊。"

　　"你不是萧绒！你到底是谁？"高辉盯着女人。

　　这下，女人愣住了，她表情僵硬地看着高辉。

　　"你是谁？"高辉追问。

　　"我……"女人的眼圈突然红了，她竟然要哭。

　　"萧绒在十八岁时已经死了。"高辉说。

　　"我……"女人眼中闪着泪光。

　　"你千万别说你今年十八这样的话。"高辉指着女人，厉声说，"你为什么要骗我？你到底是谁？"

　　"我没有骗你。"女人一字一顿地说。

　　在阳光下，她看上去非常憔悴，阴冷。

　　"你还说你没有骗我？"高辉对这种瞪着眼睛明目张胆的欺骗行为弄得难以置信了。她竟然比影视圈里的制片人、策划人还敢骗！

　　"我冒了很大的危险来看你的，我确实是因为想你，"女人说，"如果你不信，我也没办法，如果你跟我走，我会让你明白一切的。"

　　不远处停着一辆"宝马"车。女人缓步向那辆豪华车走去。

高辉跟了上去。

他必须去。无论等待他的是什么。

无论是多么坏的结果,总比弄不清真相的煎熬要好一点。

可一上车,高辉就有点儿后悔了。

没等高辉坐稳,女人突然把那辆白色的"宝马"车飞一般地开了出去。

那几乎是一种自杀的开法。快得失去了"宝马"这种品牌车应有的飘逸、洒脱和漫不经心的那种有钱有闲的气度。

现在,这辆"宝马"更像是一匹野马,疯马。

"我说你不想活了?"高辉急了,对女人喊道,"拜托你开慢一点行吗? 这简直像是在自杀。"

女人眼睛直视着前方,面无表情地说:"我就是想自杀。"

高辉忍不住露出些许嘲讽的笑意,说:"你想自杀干嘛拉上我当垫背的?"

"是,没错,我愿意。我如果要死的话就决不让你活着。"

女人如果不讲理起来,男人真是一点办法也没有。

"你和我有仇吗?"高辉问,"我都不认识你。"

"到时候你就知道了。"女人说。

高辉不再开口说话,只是看着女人开车。他发现了女人是在把车往郊外开,比凌云花园更远的郊外。

"我们到底是去哪儿?"高辉不禁又开口问。

"到了你自然会知道。"

"我他妈不知道!"高辉终于忍不住发作起来,"就是他妈死也让我死个明白行不行? 我求求你了,你是我亲奶奶。"

女人只顾开车,不理高辉。

"操!"高辉小声嘟囔了一声,又继续大声发泄他最近这一段日子以来的迷惑和怒火,"我说你丫怎么这操性啊? 我他妈倒大霉了,我上辈子不欠你吧? 我欠你吗? 嗯?"

女人还是不理他。

"问你呢? 你倒说话呀,言语一声成吗? 姑奶奶?"

"我说你这人怎么这么烦呀?"女人终于开了口,"不告你到地方你就知道了吗? 嚷什么呀? 真想让我开车撞着个嘛儿咱死一块啊?"

"不是,什么叫到地方我自然就知道了呀? 道理不通嘛。到地方知道了就晚了! 操!"高辉仰天长叹,"我他妈早晚得死你们这些女人手里。算了,不说了。"

"甭管我是谁,你相信我爱你吗?"

"算了吧,"高辉叹口气,"你凭白无故干嘛爱我? 谁信谁是这个。"说着,高辉用手比划了一下"王八"的手势。

"讨厌,去你的。"女人竟笑着从方向盘上腾出一只手打了高辉一下。

凭直觉,高辉觉得这个陌生女人对自己没有恶意,甚至说她是"陌生女人"也是不合适的,毕竟他们在一起共度过两晚。

甜蜜而浪漫的两个晚上。

高辉只是不知道她的名字而已。她不是萧绒,那她是谁?

一路上,高辉都在思索这个问题。

她是他曾经有过关系而又忘却的女人?

还是她仅仅是李萍萍后来的朋友,那一夜和他开了一个玩笑,就把戏演了下去?

也许她还蒙在鼓里,不知道高辉其实有多么危险。

第二十章　女人天生爱说谎

1

车在郊外的一处豪华别墅停了下来。

事实上,那简直就是一座庄园。如此气派的郊外别墅,高辉只在影视圈一个著名的女演员那里见过一次。那个有着亿万资产的富婆自己买的地皮,又亲自设计了建筑方案,包了一个建筑队,盖了整整两年。

那要花多少钱啊?当时高辉觉得他一辈子也不可能住上这种房子。可是眼下,这个陌生女人竟也有这样一套住宅。她得有多少钱啊?

"到地儿了,下车吧。"女人对高辉说。

"这是哪儿啊?"

"我的房子呀?怎么样啊?还过得去吗?"女人得意洋洋。

"你从来没跟我说过呀。"

"现我不是告诉你了嘛。"女人说着,打开车门下了车。

"是不是我问你什么问题你都会如实告诉我?"高辉也下了车。

两个人各站在汽车的一边对望着。

"那当然，走吧。"女人说着朝别墅走去。

"等等，"高辉喊住女人，"那你先告诉我你到底是谁？让我来这儿到底想要做什么？"

女人站住，看着高辉："我不是跟你说了嘛，到时候你自然会知道。"

"可我现在就要知道，否则我不会进去。"

女人笑了，说："想进去坐坐就跟我走，不想进去就赶紧滚，爱去哪去哪。"

说完女人转身向别墅走去。

高辉愣愣地望着女人的背影，发了好一会儿呆，无可奈何地跟了进去。

如果你是高辉你该怎么办？

掉头走掉？

那你当初又何必上人家的车呢？

既然上了车，又到了这里，不弄明白对方葫芦里卖的什么药就走，你甘心不甘心？

反正高辉不甘心。

不甘心的同时，高辉心里又有一些委屈和无奈。因为他发现自己对这个女人竟然一点办法也没有。

这种感觉很像是当初和潘雯恋爱时的样子，高辉同样是拿潘雯一点儿办法也没有。潘雯要爱高辉，于是高辉必须得去回报她的爱，去爱潘雯；当高辉感到他对潘雯爱得难以自拔时，潘雯又选择了别人，于是高辉又只得眼睁睁看着潘雯离开自己。

虽然高辉人跟着女人走进了别墅，可在那短短十几步的过程中，高辉心里对这个陌生女人却由委屈、无奈、顺从，渐渐生出一些愤恨之意。

如果你被一个女人玩弄在股掌之间而全没一点办法，你恨不恨她？

2

高辉感到奇怪,偌大的别墅,竟然没有一个人。

像是走进了一个梦境。一个奇异的梦境。

高辉募然觉得他做过很多次这样的梦,在一个空荡荡的长廊或者楼道里,他跟着一个女人在走,一个长发飘飘的白衣女人。

有时候,他会和那个女人做爱。

有时候,那个女人会突然转回头,露出一张狰狞的面孔,和诡异的笑容。

后一种结局常常会把高辉从梦中吓醒。

高辉肚子里的疑问实在太多了。

她是谁?什么名字?什么身份?

这里是哪儿?梦境还是现实?

女人甩掉了高跟鞋,踏着丝袜上了二楼。

高辉怀着一种"我看你到底想干嘛"的心情,跟了上去。

这个女人很性感,令人着迷,她的身体是完美的,无与伦比的。到了这个时候,高辉忍不住还在心里评价了一下他眼前的美色。

走到了一扇门前,女人站住了,对高辉说:"你进去吧。"

高辉推开门走了进去,然后他愣住了。

屋里还有一个女人,竟然是李萍萍。

李萍萍斜倚在沙发上,正跷着二郎腿在抽烟。她看到高辉,愣住了。

陌生女人跟进了屋里,她对高辉说:"让她给你解释一切吧。"

"李萍萍?"高辉看看李萍萍,"到底怎么回事?"

"她并不是李萍萍。"陌生女人说。

"她不是?"

"她不是。"女人冲高辉点点头。

"那她是谁？"

"她是我的表妹。"

"你的表妹？你是谁？"

"我才是李萍萍。"陌生女人说。

"你是李萍萍？"高辉疑惑地看着眼前的女人，"你……？"

"是，"女人昂起头，"是我做过整容术，我才是李萍萍。"

"为什么？到底是为什么？"高辉感到了"不寒而栗"这个成语的准确。

"因为我爱你，我一直爱着你。"李萍萍说。

"那她？"高辉看看那个"李萍萍"。

"她是我的表妹，叫刘一玲。对不起，跟你开那样的玩笑，因为我一直爱着你，而你当初又那么地喜欢萧绒，所以我才冒名萧绒。"

"让你表妹冒充你？"

"对。"李萍萍点点头。

"你知道萧绒已经死了？"

"是的。"

"难道你准备一直冒充下去？"

"在你面前，原本是准备这样的。"

"为什么？"高辉问。

"我已经说过了，因为我爱你。"

"你是杀人凶手。"

"嗯？"李萍萍一脸惊奇，"这是什么话？"

"我几乎所有的女友都被人杀了！"高辉突然喊了起来。

李萍萍茫然地看着高辉，问："怎么回事？"

高辉逼视着李萍萍，说："我不知道。"

"你以为是我？"

高辉不说话。

这时候，李萍萍的表妹站了起来，"我走了，你们聊吧。"

走过高辉的时候，她站了一下，说："对不起，和你开那样的玩笑，冒充我表姐。"

　　高辉脑子很乱,他不知道该说什么,这时,刘一玲已经走了出去,随手带上了门。

　　"我什么都不知道,我只是爱你啊,我……"李萍萍说着,突然哭了。

　　她哭得很无助,很伤心,样子叫人心疼。

　　高辉想起了他们在一起的那两个夜晚,心变得柔软了。

3

　　高辉忍不住抱住了李萍萍,除此以外,他不知道怎么安慰女人。

　　李萍萍也抱住了高辉,她止住了哭泣,嘴角露出了笑容。

　　尽管高辉知道,如果想进一步去安慰一个女人,就是和她做爱,可当李萍萍动手去解高辉的衣服的时候,高辉还是觉得非常突然、不适应。

　　怎么会变成这样? 为什么是她主动?

　　"干吗?"高辉硬挺挺地梗着脖子一动不动地问那个手忙脚乱的女人。

　　要知道,她刚刚还伤心得要死呢。

　　"难道不行吗?"李萍萍此刻的表现是个标准的温柔情人形像。

　　"好像是不行。"

　　"难道我们之间不是情人关系吗?"

　　"嗯……"高辉犹豫了。如果是情人,她是个多么可怕的情人。

　　"难道你忘了我们之间的种种温情和甜蜜?"李萍萍的形态和语调都很温柔,像一只猫。

　　当然,她肯定是一只有爪子的猫。一只爪子非常锋利的猫。

　　"可我以为那个人是萧绒。"高辉说着。

　　"有什么区别吗? 名字并不代表什么,那两夜那个人是我,第

156

一次,我们十几岁时,我们互相的第一次,也是我。"李萍萍更加柔情起来,她褪去了高辉的衣服,亲吻着他的每一寸肌肤,像只动物世界里正在嘶咬猎物的豹子。

"我把我,我的心,我的财产,我的一切都交给你。"李萍萍跪在地上,仰头看着高辉说,"你是我的国王,你是我的君主,你是我的主人。"

如果一个像李萍萍这样的女人,又漂亮,又有钱,还带着一种说不出的神秘感,她要把她的一切交给你,你要不要?

高辉觉得如果他不要,那他简直是天字第一号的大傻瓜。

但是最近发生的种种让他困惑的事情却让他不敢轻易去要。在内心很深的地方,有一个声音在对他说,你应该和这个女人保持一定距离,最好是离她远点。

高辉还想再说什么,但是他已经说不出话来了。

因为他被李萍萍点了穴道——哑穴。

如果你的嘴被一个女人的嘴堵住了,你还能说什么?

女人要是"以吻封缄",男人还真是只能眼睁睁地吃哑巴亏。

高辉就非常情愿地吃了这个哑巴亏。虽然他心里总有个声音在提醒他,这很危险。但是很多时候,男人的身体总是不听他们理智的话。

李萍萍当然是一个很了解男人的女人,她知道男人的弱点,所以她的箭总是能准确地射中高辉金钢不坏之身的"脚后跟"。

箭无虚发。

4

一场类似于古罗马角斗场的原始竞技角逐后,高辉感到自己犹如在拳击台上挨了一顿毒打,浑身酸痛,没有一点儿力量。

身体没有了力量后,理智从遥远的地方回来了,找到了高辉。

刚刚是高辉的本我战胜了超我,现在超我又自鸣得意地趁本我自行撤兵后,宣布了自己的胜利。

高辉现在略微感到有些后悔,同时心里对自己产生了轻视。

在吴宇森的《英雄本色》中有这样一段情节,狄龙和周润发在搏命之前,站在一尊神像前发呆。

狄龙问周润发,"你相信神吗?"

周润发狠呆呆地答:"信! 我就是神! 能把握自己命运的人,就是自己的神。我就是自己的神。"

可惜高辉不是神,高辉也不是英雄,高辉仅仅是一个凡夫俗子,所以他把持不住自己。

他也把握不了自己的命运。

问问这城市街头行色匆匆的男男女女,谁又能在这十丈红尘的名利场中把握住自己的命运?

你能吗?

反正我不能。

高辉也不能,所以高辉瞧不起自己。

我也瞧不起我自己。

一个一直认为自己不是凡夫俗子的人突然发现了自己是凡夫俗子这一事实时,他的心情总是不会太好受。

有些人就是这样,他们靠自己的幻觉活着,他们活在自己幻想中的情境中,这种幻觉一旦被打破,就像王尔德的《道林格雷的画像》中那幅画像被打破了一样,人既使不会死,也会变。变老? 变坏? 总之,他会变成另一个人。

现在,高辉躺在床上发呆,他就在发呆中渐渐在变。

"好吗?"李萍萍从床上坐起来,披了一件睡袍,坐到了沙发上,给自己点了一支烟,远远地看着高辉。

"嗯。"高辉含含糊糊地应了声。

"想什么呢?"

"想你。"高辉看了一眼那个风骚的女人。

李萍萍笑了,笑得很暧昧,"刚做完就又想了?"

人即使不会死，也会变，变老？变坏？总之，他会变成另一个人。

"说正经的成吗？别开玩笑。"

"我就是跟你开玩笑,给你猜个谜语吧,"这时的李萍萍完全表现出了她是那种有手腕,又会玩弄风情的本色,"一个男人从来没见过女人,打一个英国作家的名字。"

"不知道。"高辉再一次中了李萍萍的套,想了想,没想明白。

"莎士比亚。"李萍萍咯咯地疯笑起来:"亏你还是个剧作家呢。"

"为什么?"

"自己想去。"

高辉没有去想,而叹了口气,问李萍萍:"你到底是谁? 到底怎么回事? 你说吧。"

"咦?"李萍萍故做天真,"我不解释过了吗? 该事情已经发生了,你还不知道? 装傻呀?"

"我信吗? 这么天方夜谭的事?"

"爱信不信,不信就滚蛋! 占了便宜还卖乖。"李萍萍话说得狠,可却一脸笑意,她伸手从茶几上拿了一只苹果,"吃吗? 我给你削。"

"你知道你在我眼里像什么吗?"高辉边穿衣服边说。

"像什么?"李萍萍一边削苹果一边抬眼看高辉。

"像一只鬼,一只画皮的鬼。"高辉盯着李萍萍手中的水果刀。刀子很亮,已经将苹果削得体无完肤。高辉觉得自己就像那只苹果,任人玩弄。

"什么意思?"李萍萍问。

"我根本不认识你,你既不是我记忆中的李萍萍,当然,就更不是萧绒了。你做过整容术。我能相信一个做过整容术的面目全非的女人吗? 你是李萍萍吗? 如果是,为什么不直接告诉我,而要冒充死去的萧绒? 又为什么一而再,再而三地骗我,你是学考古的吗? 你有一个搞考古专业的老公吗?"

李萍萍看着高辉,不置可否,只说:"你果然有点小聪明。"

这与其是夸高辉不如说是骂高辉,高辉有些恼怒:"如果连这

我都不问问为什么我这三十多年就白活了！"

李萍萍笑了，她轻叹一声，道："好吧，我告诉你，我做整容术是因为当初我长得太丑了，根本不会有人爱我。我冒充萧绒是因为我一直自卑，在萧绒面前自卑，在你面前自卑，你们根本都瞧不起我。我骗你了吗？我的情感骗你了吗？我只不过是想能生命中有你而已，我根本不奢望能和你长相厮守，只是想你时能见到你就心满意足了，我不想破坏你和你女友的关系，既使你结婚，有了家庭，我也只想做你的一个地下情人而已，那么我是谁重要吗？我的老公是干什么的重要吗？我有没有老公重要吗？我只是一个女人行不行？没有名字，没有来历，什么都没有，就是爱你行不行？"

高辉沉默了，呆了一会儿，问："为什么那夜你在我浴室镜中留下联系方式，后来又擦了。"

李萍萍愣了，反问："你没有抄下来吗？ 我是第二夜才擦的啊。难道要在镜子上留一辈子？"

高辉没话说了。

过了一会儿，李萍萍说："现在，我只告诉你一件事，你如果能明白，我死都可以了。"

"什么事？"

"我是真的爱你。爱你爱得发疯，发狂。"说着，李萍萍眼圈一红。

"没道理嘛。"高辉有些呆了，"我是谁呀？论长相，中等，钱，比你差远了，我有什么呀？值得你十五年来念念不忘？"

"这种事难道还讲道理嘛，我就是爱你，难道还要专门写论文论证？"李萍萍忍不住高声喊起来，眼泪重新涌上眼眶。

"我真值得别人这么爱我？我真想不明白，我傻了，我傻了。"高辉拍着脑门在屋里打转。

"你是我的第一个男人啊！"李萍萍哽咽道。

"第一个？会这么重要吗？刻骨铭心？"

"是的，刻骨铭心！你的名字写在我的心上和骨头里！"李萍萍说，"你知道我们为什么会在那家游泳馆相遇吗？"

"为什么?"

"因为我爱你,你注定是我的。"

"相遇?"高辉发呆,"我们相遇是偶然还是你设计好的?"

"当然是偶然。"李萍萍泪如涌泉,"一看见你我的心跳就加剧了,我手足无措,不知如何是好,想叫你又不敢,又怕你走了,从此再也找不到你了,消失在茫茫人海里。然后我才灵机一动,想到冒充萧绒,仅仅是为了能得到你。"

高辉走到李萍萍跟前,蹲下来,"给我讲讲你好吗? 这些年你是怎么过来的? 我一点不了解你。"

李萍萍别过脸,恢复了坚强和自信:"不! 过去的事不提了。现在我只要你,你跟着我,不负我对你的苦心就行了。"

"不,你不说清楚我就走,你让我觉得可怕。"高辉站起来,往门外走。

当男人知道一个女人是真的爱自己时,他总会觉得在这个女人面前有一些资本了。所以高辉走得很决绝。

"你站住!"李萍萍的命令带有威胁成分。

高辉当然不听。他的一个"走"字,本来就是要威胁李萍萍,哪会再听李萍萍的威胁。

"当"的一声! 一个东西从高辉脑后飞来,比高辉更先接触到了门。

高辉吓出了一身冷汗,他转过身,发现李萍萍依然坐在沙发上,手中依然握着那把水果刀。

但是,苹果却不在李萍萍手中了。

"你! 你变态吧? 神经病!"高辉经刚才一吓,也急了。

"你再说一遍!"李萍萍逼视高辉,刀锋般的目光。

高辉没敢再说,看李萍萍的眼神,他知道如果再说,这回飞出手的一定不是苹果这种"糖衣炮弹",而是那把闪亮的刀子了。

"亲爱的,"高辉缓和了口气,尽管温柔地说,"可是我不爱你,我不能爱你,也不敢爱你,如果你不把一切给我解释清楚的话。"

"你是不是又看上了哪个更年轻漂亮的?"

"什么乱七八糟的,两回事!"

"哼!"李萍萍鄙夷地看了高辉一眼,像猎人在看自己枪口下的猎物。

谁怕笼中的老虎发威?

高辉发觉自己刚刚犯了一个错误。现在,他认为李萍萍并不是真的爱自己,李萍萍既然是个深不可测的女人,一直神龙见首不见尾,凭什么自己要相信她?

难道刚刚的一切全是在演戏?

"你必须爱我,知道吗?"李萍萍说。

"不,"高辉想想说,"我累了,我不行了,现在我真是想过一种简单的生活,远离开一切,什么都不想,独自生活,谁都不爱。"

"我可以和你一起过那种日子,采菊东篱下,悠然见南山。"

"不。"高辉摇摇头。

"我们可以一起与世隔绝。"李萍萍说,"这世上只剩下我们俩。"

"不。"

"你不相信我?"

"我只想知道为什么?"

"你不相信我! 我等了你十五年!"

"我只想知道为什么!"

"我证明给你看!"李萍萍把左手高高地举了起来,她的右手拿着水果刀,在自己的左臂上缓慢但却用力地划了个口子。

鲜血等待了一会儿,才从伤口里慢慢地流出。

高辉惊呆了。

"你信我吗?"李萍萍笑道。

"你这是干什么?"高辉有气无力地说。

"我爱你!"李萍萍说着,又用水果刀在自己右边的脸颊上慢慢地划了一刀。

"你相信我吧,我求你了。"李萍萍微笑着说。

"啊! ——"高辉仰天长啸,"你这是干什么?!"

"我要你记住这个刀疤,从此以后我再也不欺骗你了。"李萍萍任血在脸上慢慢地流着,她从容地说:"一个星期之后,我去找你,如果你还不接受我,我会从你眼前消失,再也不出现的。"

"告诉我为什么?"高辉吼道。

"别再问了,你走吧,一个星期后,你就会全明白了。"

"可我现在就想知道,"高辉看着李萍萍,嘴角嚅动,终于,他哭了出来,"这是为什么呀?我到底怎么了?我碰到什么邪了?这世界怎么了?"

"别哭,你走吧,好好睡一觉。"李萍萍充满爱意地看着高辉,"相信我,我不会害你的。"

5

高辉走了。女人站在窗口,看着高辉出了别墅的大门,越走越远,不由叹了口气。

血仍在流,可女人却全然不顾。鲜血染红了她的白色睡袍。

这时候,那个李萍萍的表妹从别墅另一间屋子推门走进来,来到这个李萍萍背后,轻声说:"他走了?"

流血的女人没理她。

"表妹"沉默一会儿,说:"咱们是不是太过分了,对他?"

女人转过身,一字一顿地说:"不是过分,是残忍,但是,值了!"

"表妹"笑了,"他肯定相信你是李萍萍了?对不对?"

女人笑了:"是!"

"表妹"微笑:"其实你不是。"

女人笑得更诡异了:"我当然不是。"

第二十一章　她是来害你的

1

高辉的父亲高渐离死了。死于自杀。

他服用了过量的安眠药,安详地躺在床上睡了过去。

高辉发现父亲尸体的时候,高渐离已变得如同一具腊像一般,虚假,却又泛着某种苍白的微弱光泽。

桌上的一纸遗书表明了高渐离并非寿终正寝。

遗书上称他的死跟任何人无关,只是他一惯的厌世思想导致了他最终的选择。

如果不是因为抚养少年时代的高辉,如果不是因为后来又想写一部医学专著和自传体作品,高渐离称自己也许早在多年前就选择自杀了。

现在,高辉已经长大成人,而他的作品又前功尽弃,高渐离认为他再生活下去已然没有任何意义。

高渐离给高辉留了短暂的几句话,大意是希望他认真地对待生活,人生的意义在于工作,要努力工作,为社会创造价值,要认真地对待爱情,过有意义的一生。高渐离希望高辉能够做到他没有做到的事情,那就是,寻找到生活的真正意义。

无论如何,父亲的死对于高辉是一个打击。

即使他一直以来都和高辉在感情上非常隔膜,但他的死仍然让高辉悲伤地感觉到了这个世界的荒凉。

萧绒死了,潘雯死了,很多高辉爱过的女人都死了。

多年以前,母亲死了。

现在,父亲也死了。

高辉自觉他一生截止到目前,看过的死亡已足够多了。

站在镜子前,高辉看着自己的脸,感觉到了深深的战栗。

按照冥冥中的力量,下一个应该就是高辉了。

为什么我还要活着?

我独自生活下去的意义是什么?

高辉想不明白。

他想哭,可是,他哭不出来。没有一个能够让他倾诉感情的对象,哭已经没有了任何意义。

甚至痛苦、绝望、悲伤都变得没有了意义。

剩下的只有,孤独。

以及,孤独状态时的虚脱感。

如果这个世界上只剩下了你一个人,生与死是否还有意义?痛苦与快乐是否还有意义?今天与明天是否还有意义?白昼与黑夜是否还有意义?

还有理想吗? 还有希望吗?

那时,风声是美妙的还是恐怖的?

那时,皎洁的月光是抒情的还是邪恶的?

只剩下了空虚和混沌。

看着镜子中自己的脸,高辉失去了思索的能力。因为一切都没有意义了,何必再想?

高辉也没有了恐惧感,因为他突然发现,也许自己才是死神的化身。

这世上所有爱过自己的人基本都死了,去了另一个世界。

他似乎也没有理由再去爱这个世界了，没有理由再去爱自己了。

这世界有神吗？如果有，他在哪里？他将如何显示神迹照耀一个人灰暗的生活？他会来救我们吗？

简单处理完父亲的后事，高辉躲到了他在郊外的房子里。

他在等待，等待神的救赎，或者死神的拜访。

死神是什么样子？

它是一团阴影吗？

还是一个面孔模糊的女人？

或者是一个自称是朋友的男人？

2

直到"李萍萍"来了，高辉才哭出了声。

几天来沉积在心中的一切疑惑和苦闷全部化成了眼泪倾泄了出来。

对于高辉来说，李萍萍是这世界上他唯一可以倾诉的对象了。

也就是说，是他唯一能够去爱的人了。

这个女人爱他，他知道，他能够感觉出来。

她适时地来到他的身边，把他从虚脱的状态拯救了出来。

高辉抱住她，浑身战栗，失声痛哭。

她是他活着的唯一依据。

"别哭，别哭。"她安慰他。

她是他的世界中所有女人的集合，她的初恋，她的挚爱，爱他的女人，他爱的女人，萧绒，母亲，潘雯，李小洁，情人，妻子。

她的名字竟然是李萍萍。

"别离开我，求你别离开我。"高辉说。

"不会的，我永远也不会离开你的。"她说。

情绪稳定下来后,高辉感觉到了命运的神奇与恐怖。

在自己的世界里,最后剩下的可以依赖的人竟然是李萍萍。

那个最初让自己失去童贞的丑陋的女孩。

那个自己从没有喜欢过,在眼中和心底从未真正在意过的女孩。

这个整过容的漂亮女子,这个冒充另一个女人的默默爱他的女人。

这个一直在骗他的,他从不知道她真正经历的女人。

3

"给我讲讲你好吗?"高辉说。

"讲什么?"

"讲讲你从十五岁到现在的全部故事。"

"真的想听?"

"当然。"高辉充满好奇和爱意地看着她。

"你爱我吗？我的故事只讲给爱我的人听。"

"我……爱你,非常非常地爱你。"高辉动情地说。

"你爱我什么地方?"她躺在床上,望着天花板。

"爱你的身体的每一寸肌肤,爱你的容颜,爱你的……"高辉抚摸着她的身体,说,"对于我来说,你是我生活中失而复得的……一把钥匙。"

"一把钥匙?"

"是啊,如果没有你,我的整个世界的门也许就此关闭了。"

"那,对于我来说,你也是一把钥匙。如果没有你,我的整个世界的门现在还是关闭的。"她说着,眼角竟然滚落了一行眼泪。

高辉的心被女人的眼泪打动了,变得柔软而温情。

"如果有一天,我老了,你还会爱我吗?"女人问。

"会的。"

"如果有一天，我头发白了，牙齿掉了……"她忧伤地看着高辉。

"会的。"高辉迫不及待地说。

"我不相信。"她说。

"相信我。"

"我不相信。"她坐起来，逼视着高辉。

"相信我。"高辉看着她丰满而美丽的躯体，挚情地说道。

"好吧，我相信你。"眼泪滚落到了高辉脸上。

女人的柔情彻底地征服了高辉。

"你从前告诉我的一切都是骗我的吧?"高辉问。

"不完全是，我曾经结过两次婚，第一次是和一个考古学家，后来，他死了。然后，我才嫁了那个国外的富翁。后来他死了，我继承了他一部分的财产，回国定居了。"

"第一夜的时候，你为什么不告诉我这些?"

"说实话?"女人看看高辉，咯咯地笑了，"那时候我还不是特别信任你，不相信你会真的爱我。"

"如果那天，你没有在游泳馆碰到我，你会怎样生活?"

"不知道，完全不知道，也许就那么一个人活着吧，回想我一生中每一次的爱情，从你开始，到我的最后一任丈夫。"

"现在，又到我结束了。"高辉说。

"对。"女人笑了，"由此我也相信，这世上确有命运这回事了。"

"我也这么认为。"高辉平躺在床上，点燃了一支烟，慢慢地吸，看着烟雾在眼前飘荡。

"真的不后悔吗?""李萍萍"问道:"和我一生一世在一起。"

"不后悔。"高辉说:"一点儿都不后悔。"

"李萍萍"笑了，笑得非常幸福。

"你知道吗?"高辉说:"那一段日子我好担心啊。"

"担心什么?"

"担心你啊，前一段，这一片小区一直都在死人，我的很多女友都被杀了,还有几个不相干的女人,你来无影去无踪的,我真担心你也碰到那个杀人恶魔。"

"是啊,幸亏我不知道那些事,否则,肯定会吓得躲在家里不出来了,或者,和你在一起,再也不敢离开你了。"

"以后我们怎么办呢？你是住在我这里,还是继续住在你那个豪华别墅里?"

"随你了,你在哪里我就在哪里。"女人说着,扑到了高辉身上。

高辉笑了。

"还记得那天你说过的话吗？平静地生活,远离开一切世俗的纷扰。"女人问道。

"但愿。但愿能够做到。"高辉说。

"一定能的。"女人笑道:"我不再是你的地下情人了,你可以把我介绍给你的朋友们吗?"

"当然。"

4

"你们俩真要结婚?"田小军难以置信地看着高辉。

"也不一定,看她了。反正我们就是铁了心的傍上了。"高辉说着,看了看"李萍萍",一脸笑意。

大约由于有女人在后面给自己看牌,高辉的手气很"兴",他已连了三把庄,弄得陈勇等几个哥们儿愁眉苦脸,似乎已无心打下去了。

"你才是李萍萍?"田小军问道,"那,那天晚上和我在一起的女孩是谁呀?"

"那是我表妹。""李萍萍"莞尔一笑。

"噢,这么回事。哪天,再把你表妹给我们介绍一下啊,那天晚上,我们差点就成了。"田小军说。

"行啊,她再来北京,一定介绍给你。""李萍萍"说:"她那段日子就是来北京玩的,刚走,回家了。"

陈勇忧郁地看着高辉。

高辉的心沉了一下,想起了对楼的女尸以及自己的梦游。

"案子有进展了吗?"高辉问。

"没有。"陈勇说,"没什么进展,再没出什么事,警方那边也没新消息。"

看来陈勇后来也没去报案。

高辉回想起前一段日子,像是一场真正的噩梦,不堪回首,却又难以确实一切的真实性。

"你那个变态杀人狂剥人皮的电影还打算拍吗?"高辉问。

"这事只能再说了。这一段好像风平浪静了,像什么事都没出过似的。"

"你要拍什么片子?""李萍萍"感兴趣地问。

"噢,"高辉替陈勇解释:"他想把前一段那个杀人狂的故事搬上银幕,可惜后来那个凶手突然不做案了,警方破不了案,故事也就不知道怎么编了。"

"如果永远破不了案,你的电影是不是就拍不成了?""李萍萍"问。

"案子现在是没头绪,不过,也不是完全破不了,至少我和高辉就掌握着一点儿线索。"陈勇说着,看看高辉,"只不过,我对那个题材没什么兴趣了。"

"噢?""李萍萍"笑道,"你们掌握了什么线索?"

陈勇和高辉对望了一眼,高辉说:"这个嘛,不说也罢了,再把你吓着。"

"是啊,还是打牌吧,打牌吧。"陈勇说。

5

李小洁的尸体在张小夏的家里被警方找到了。

发现李小洁尸体的是张小夏的情人。那个倒霉的男人给张小夏打了无数个电话,死活找不到人,还以为他养的情儿偷偷溜了呢。

当那个男人从自己忙乱的生意中抽出时间去找张小夏时,他看到了一幅足以令他几个月吃不下各种肉类食物的场景。

一具被剥去了皮,挖走了内脏的尸体。

尸体已经发臭了,风干了。尸体上的干红血迹看上去像是旧四合院大门上斑驳的油漆。

警方找到了高辉,通知了他这一情况,例行公事地重新问了高辉的情况。

对于警方来说,这个案件至此有了新的发现,作为连环凶案,总是先有一个女孩失踪,然后在另一个失踪女孩的场现再发现她的尸体。

那么,张小夏去哪儿了呢?她的尸体会在哪一个女孩突然失踪的地方找到。

这,成了困扰警方的难题。

同样,高辉以及陈勇,也同样对此一愁莫展。

李小洁最终确定的死亡在心理上给了高辉又是重重的一击。

这种阴影像是死亡本身一样笼罩在他心头。

对高辉来说,这是第几个跟他有过关系的女人被杀了?

"李萍萍"会不会成为下一个?

这个问题一想起来就让高辉出一身冷汗。

如果事情真是自己做的,"李萍萍"睡在自己身边无疑是最危险的。

如果事情另有疯狂的凶手,"李萍萍"离开高辉一步,都让高辉无形中感到紧张。

一段日子以来,高辉就是在这种两难的思维中艰苦地思索着。

从警察局出来,高辉立刻奔回了家中。

看到"李萍萍"好好地呆在家里,放了心。

"出什么事了?""李萍萍"问。

"没事。"高辉说。他不知道该不该告诉她自己有梦游症这回事。

他怕他会吓到她。

避开"李萍萍",高辉给陈勇打了个电话,告诉了他李小洁的事。

"没事,警方没有发现我们曾经去过的迹象。"高辉说。

"没想到那具尸体竟是李小洁。"陈勇说。

高辉想了想,突然想明白了一件事,说:"你别怀疑我了,我没作案时间,当时,李小洁失踪那天,我处于清醒状态,而且和田小军在一起。罗娟和李小洁在我家分手时,我还在你家里打牌。"

"我从来没有怀疑过你,真的。"陈勇表白道,"操,只是咱们都被这些乱事弄糊涂了,从来没好好想一想,怎么可能是你呢?这事肯定另有蹊跷。"

"你帮我想想,那会是怎么回事呢?"高辉问。

"不知道,也许是你的仇人干的,你想想,得没得罪过谁?而且这个人还很了解你。"

"最了解我的就是你,你们了。仇人,我肯定没有。"

"你也千万别怀疑是我,我也没做案时间,李小洁失踪的时候,我也跟你在一起呢,咱哥几个都在一起打牌呢。"

"会不会……是罗娟呢?"高辉犹犹豫豫地说,"她有做案时间……"

高辉没好意思说的是,罗娟甚至有做案动机,嫉妒,竞争,或者她暗恋高辉。

"别操你大爷了,"陈勇急了,"你丫要这么瞎猜,不如直接把这事捅局子里去算了,让他们去查吧,看他们到底怀疑谁。"

　　放下陈勇电话,高辉抬起头看到"李萍萍"在盯着自己,冷不丁吓了一跳。

　　"出什么事了?"女人问。

　　"没事,"高辉说,"没事,我会好好保护你的。"

6

　　晚上,高辉梦到了一个女人。一个背对着自己的女人。

　　当那个女人转过身来时,高辉认出了她是萧绒。

　　那个作为谎言中的考古学家的老婆的萧绒。

　　"我受不了了,我再也忍受不下去了,我要和你私奔。"女人说。

　　"为什么?"高辉问。

　　"反正我受不了了,我讨厌他,讨厌他每天摸别的女人的头发,那些千年女尸的头发,讨厌他每天工作,讨厌他无精打采,讨厌他每天数钱,讨厌他……"说着,她哭出了声来。

　　"我是问,为什么你非要和我私奔? 你可以和任何人。"高辉说。

　　"你还要问为什么和你?"她愤怒地瞪着高辉,说,"你说为什么?"

　　说完,她就伸手给了高辉一记耳光。耳光响亮。一锤定音。

　　于是高辉不再问为什么,说:"好吧,我跟你走,可我刚刚买的房子怎么办?"

　　"我连老公都不要了你还要房子?"她吃惊地看着高辉,看得高辉十分羞愧。当她转身离开时,高辉不由自主地跟在了她的后面。

　　在梦中,一切都不能确定,一切记忆都带有虚幻的色彩,当他和她一起逃离时,考古学家出现了,他面带笑容地冲高辉挥着手说:"你们走吧,走得越远越好。"

173

　　在考古学家开朗、乐观和幸福的笑声中,夜行火车开始穿越祖国广袤的国土。这片土地由来已久,深不可测,曾经孕育过道教、禅宗、术数学,曾经产生过孔子、霍去病和李白。车厢内歌声飘缈,若有若无,"月儿弯弯照九洲,几家欢乐几家愁,妙语解开心中事,几家飘零在外头"。

　　他和她并肩坐在硬座上,手握着手,心里低声说:"我们永远也不分开。"

　　在高辉心里想着这句话的时候,火车摇摇晃晃,过道上走过了警察、乞丐、盲流还有和尚、道士。那个道士回头看了我一眼,露出了一个莫名其妙的笑容。

　　然后高辉在梦中再次睡着了,困倦袭来像是夜色降临一般不可抗拒。人在睡眠时,时光被夜色笼罩,它的旋转变得不易察觉。醒来的时候,高辉发现萧绒已经不在身边了。他有些失落,继而有些想不起来他此行的目的了,我坐着火车要去哪里?很长一段时间他才想到,他似乎要到另一个城市去看望一位朋友。他和那个朋友素未谋面,既不知他的年龄、相貌,也不知他的兴趣、爱好,是另一种形式把他们紧密地连接起来的,那就是文字和印刷。想到这里,高辉感到了温暖,我要去看望一位写东西的朋友,而他也在远处等待着我,一个陌生人。

　　就在这时,高辉重新又看到了那个叫萧绒的年轻女人,她坐在不远处一个火车座上,正和一些年轻人一起玩纸牌游戏,他们有说有笑,快乐无比。她没有注意到高辉,这使得高辉可以长时间地注视、观察她。有一瞬间,高辉的意识发生了模糊,似乎他坐在火车上的理由并不是去看望朋友,而是和她一起去旅行。在昏暗的车灯下,她的面容看上去十分美丽,她专注地看着牌面的样子给人一种无比真纯的感觉。那种姿态深深牵引起了高辉内心那种名叫"爱"的情感冲动。

　　当那种情感从内心涌起时,高辉突然感到天旋地转,然后火车出轨了。真的是火车出轨了,像是电影上演的每一次的灾难一样,人们在自身生命受到威胁时总是忙忙乱乱,像是丧家之犬。当时高辉心里有些暗自庆幸，这样的话，他恰恰可以有机会来施展他的爱情了。

他们一起幸存了下来，他们坐在黑暗的山野等待救援，四周是另外那些惊魂未定的幸存者。

他握着她的手说："原来我坐火车的目的是为了寻找你，现在我才明白，我终于把你找到了。"

她看看他说："可是我并不认识你呀。"

他说："这无所谓，反正以后我们就认识了。"

"那好吧，你跟我走吧。"她说着站起身来。

"去哪儿？"他在跟她走时下意识地问了一句。

"跟我回家。"她坚定地说。

他跟着她，远离了那些人群，在黑暗的山野深一脚浅一脚地走。有一刻他想起来他们似乎早就认识，他们是一起从他们生活的那座城市私奔出来的。还有一刻高辉想起他似乎是应该去看望一位作家朋友，可现在我在哪儿？我在干什么？眼前一片黑暗。

"到了。"她站住时，高辉发现自己的视力恢复了正常。

"这是哪儿？"高辉问。她背对着我，穿一袭白衣，非常迷人。

"古墓。"她说，"这就是传说中道家全真教始祖王重阳所造的活死人墓。"

????有没有搞错？

"我们就是到这里来观光吗？"高辉问。

"不，我们得一生一世住在这里，睡石棺，面对面相守，不出古墓半步。这是始祖留下的规矩。"

"然后呢？"

"直到老死。"她说着慢慢转过身，那一袭高贵纯洁的白衣托起的竟是一张极为平庸凡俗的面孔。

啊，那是李萍萍，中学时代的李萍萍，那个整容之前的丑陋的李萍萍。

"不，我不干。"高辉挣扎道。

李萍萍开始仰天狂笑不止，眼睛笑红了，笑出了血，血流了一

脸一身。

她的牙开始变长，长发变得凌乱，舌头红红的吐出了老长。

她说："那可由不得你了。"

高辉感到非常绝望，内心一片阴冷，实在是想不明白为何自己会走到这一步，哪里出了程序的错误？可是他只能接受现实，于是高辉无奈地说："好吧，你说现在我该做什么？"

"爬到石棺里去睡觉。"她长长指甲的手一指，为高辉辨明了方向。

高辉爬到棺材里，躺好，仰面朝天，看着她的身影俯下来，手里握着一面铜镜，她说："想不想看看以后我们变老的样子？"

不想。可是她手中的铜镜已照到高辉眼前。高辉看到他躺在棺材内，头发迅速地变白、变少，脸上起了又黑又黄的皱纹，眼睛变得布满血丝并且浑浊，牙齿脱落。当高辉闭上眼睛前看到他的嘴角竟还挂着一串口水……

于是高辉在昏睡前想起了他的青春时代，他的情人，他的朋友，除了她陪在身边，一切似乎都远离了……

7

"刷"的一声，阳光猛地扑到了眼前，于是高辉只得睁开眼睛。

过了一会儿，他才明白，那是"李萍萍"拉开了窗帘。

高辉揉揉眼睛，问："几点了？"

"快起床吧，八点了。"女人说。

她说这话的时候，正坐在梳妆台前，头发乱糟糟地挽在脑后，手里拿一只笔画她的嘴，嘴很快变得红了。然后她又拿起一只钳子，开始夹她的眼睫毛。还有一把刷子，在脸上刷来刷去。

等高辉再次睁开眼时，眼前出现了一个迷人的女人。

"妆化得怎么样？"她问。

"很好。"高辉说。

"昨晚睡得好吗?"她坐在床边,看着高辉。

"挺好。"高辉说。

"梦到了什么?"她笑吟吟地,显得有点顽皮。

"乱糟糟的记不清了。"高辉说着,开始仔细回想自己昨夜的梦境,想来想去,似乎并没有梦到过什么。

"我半夜醒来过一次,看你睡相挺痛苦的,皱着眉,还不断翻身。"她说。

"是吗? 我梦见什么了,真是想不起来了,你呢,有没有梦到什么?"

"不告诉你。"她嘻嘻一笑,离开床去准备早餐了。

吃早餐的时候,她一边喝牛奶一边说:"告诉你吧,我昨晚梦见你了,梦见了咱们特好。你呢,有没有梦见我?"

"真是记不起来了。"高辉诚实地说。

"今天有什么安排?"女人问道。

"想回父亲那边,"高辉说,"跟我一起去吧,父亲死后,我还没来得及整理一下父亲的遗物呢。"

"他有什么?"

"有很多书,很多他写的资料,对咱们来说,都是没用的东西。"高辉说。

她笑着在听。

高辉看看女人,"你有什么安排?"

"我没有,不想出门,不想下楼。"

"那干嘛化妆? 要不要回你那别墅看看? 怎么处理它呢? 卖掉? 还是我们以后住在那里?"高辉笑着问。

她不动声色地继续微笑。

"我就是为你才化的妆嘛,"她说,"我哪儿也不想去,只想和你在一起。"

高辉笑了,"这几天,好像世界只剩下了我们两个人。"

"这世界本来就只有我们两个人。"她说。

"我们干点儿什么呢?"高辉惬意地微笑着。

"当然是,做爱。"说着,女人站起身,走向了卫生间,"在床上等我,冲完澡我就来。"

8

高辉已经躺在了床上。他抽着烟,望着天花板发呆。

女人走到他身边。高辉冲女人笑了笑。他看着她的一举一动,她又坐到了梳妆台前,开始认真地描眉画目,一丝不苟。

这时,高辉突然想起了自己昨夜的梦境,不禁对自己荒诞不经的梦境苦笑了一声。

她化完了妆,笑着看着高辉。

高辉不知道的是,她的手心中紧紧地握着一根银针。

高辉再一次为她的美艳而惊呆了。如此匀称而富有弹性的身体,如此年轻而青春的容颜。

她走上前,把头轻轻抵在他的额头上。

"我美吗?"

"很美。"他说。

针在她的手中。在她的笑容背后。

"我在你的眼中看到了我自己。"她说。

"你觉得自己美吗?"

"在你的瞳孔中,我的影像是变形的。"她说。

高辉笑了,用手摸摸她的脸,说:"何必涂这么深的口红呢,过会儿会弄得一塌糊涂的。"

"不会的。"她微笑着说。

高辉尽量放松着自己的身体,说:"这一次肯定会特别疯狂吧,比以往的那些次要更疯狂?"

"是。"她说,"我会用尽一生最大的爱来做这一次的。我会让你真正地为我疯狂的，”她尽量露出美丽的微笑，“好好看看我吧，你会终生难忘，刻骨铭心的，你会记住我这张最美丽的脸，是吗？”

9

那个时候是高辉的眼睛瞪得最大的时候，那个时候是高辉最快乐的时候，那个时候，是这个女人选择的最佳的时机。

她骑在这个男人身上。

他虽然强壮，却没有半点反抗和反应的可能。

他只能是她的。

当高辉高声呻吟时，她把针，两根针，同时刺进了高辉的眼睛。

最初，高辉竟然没有感觉到多少疼痛，他只是想闭上眼睛，但是因为瞳孔上插着针，他的眼皮怎么也无法完全合上。

“进什么东西了？”高辉在女人的身上嘟哝着。

这个时候，女人突然双掌一拍，把两根针狠狠地拍进了高辉的眼睛。

眼球破了，血水从女人的指缝间像虫子一样爬了出来。

女人的双手狠狠摁在高辉的眼睛上，用力地用身体压着高辉。

高辉在挣扎，在喊叫。

但是，他就像是一个被悍匪强奸的女人一样，无技可施。

直到高辉完全不动了，女人才松开手。

高辉的眼睛已经被血水弄得像公共卫生间的便池。

针已尽没在高辉的眼中，无法看清到底在哪里。

女人小心地把手指伸进高辉的眼中，却寻找那两根针，然后，她慢慢地把针拔了出来。

第二十二章　最后的死者

1

高辉的眼睛上蒙着白布。他已经不那么感觉疼痛了。

可是无边的黑暗让他难以适应。

无边的黑暗让他感到恐惧。

他想动,却总是发现双手双腿都被紧紧地绑在什么地方。

他判断,那应该是一副轮椅。

那个女人总是若即若离地在他身边,喂他饭,也帮助他排泄,可是,却从不回答他任何问题。

高辉不知道,在他身边有一张床,一具血尸已经完全枯干了。那是曾经住在他对楼的张小夏。

那是一张雪白的床。这里仿佛是医院的病室,又像是太平间。

这是那个女人别墅的地下室。

那具血尸的手和脚都被绑着。她是一丝不挂地赤裸着,呈"大"字形地躺着死去的。

没有窗子,只有屋顶四周的一串昏暗的壁灯开着。

门是铁的,非常厚重。

四周的墙壁上挂着约十来幅照片,都是些漂亮的女孩,但是表情非常安详,几乎没有一个人嘴角有一丝的笑容。

那些女孩都是在昏睡的情况下被拍摄下来的。

那个女人面对着墙站着,她在认真地看那些照片。

高辉能够感受到那个女人的气息。他曾经那么迷恋的气息。

"萍萍,告诉我,你为什么要这么做?"

很长时间了,高辉一直在执著地这样问,可是,他从来没有得到任何回答。

"萍萍,是你吗?"

那个女人从墙壁上那些漂亮的女孩照片前回过了头。

幸亏高辉的眼睛是瞎的,他看不到,一张如此丑陋的面孔。

满脸的皱纹,皮肤上的黄色色斑使人疑心会有脓水随时流出来。

"我并不是李萍萍。"女人开口了。很长时间以来,这是她第一次开口回答高辉。

"……"高辉的喉结动了下。

"我也不是萧绒。"女人诡异地笑了,露出一口的黑色牙齿。

高辉想到了那个梦境。

可是,他不明白这是为什么。

"你是谁?"

"我姓金,我叫金月琴。"女人说。

"金月琴?"

"是。"女人走近高辉,用手抚摸高辉的脸。

"很多年以前,"女人看看高辉,"是我用硫酸泼坏了你妈妈的脸。"

高辉想挣脱捆绑,但是根本无能为力。

"不可能! 李萍萍去哪了?"

"李萍萍死了。在我告诉你我是李萍萍以后,在你那天离开这所别墅那天,李萍萍就真的死了。在李萍萍死后,我就变成了李萍萍,其实,我即不是萧绒,也不是李萍萍,我一直是金月琴。不过,

名字是幻象,是不重要的,重要的是,一直是我出现在你的身边,让你痴迷,让你爱得发狂。"

2

女人说:"我的第一个男人是你的父亲。当时我爱他爱得发狂,狂到可以杀人。我没想到,他的儿子长得竟会跟他年轻时一模一样,连那种多情的脾性都像,我觉得我甚至不知不觉真的爱上你了。"

"我不信你是金月琴。"高辉厉声喊道,"你到底是谁?"

"我真的是。"

"你怎么会如此年轻? 你是人是鬼?"

"我当然是人。只不过,我是个做实验的人。"

"什么做实验的人?"

"重新年轻,返老还童的实验。"

"我不信。"

"最初,连我自己都不信。说起来,还要谢谢李萍萍,谢谢她的资金,能够让这个人类最大的梦想,经我的手变成了现实。生老病死,这人类永恒的四大悲哀,将再也没有'老'这一说了,连佛陀都不会梦想到,返老还童术,终于实现了。我将成为人类历史上最伟大的魔术师。重新变回二十岁。像治愈近视眼一样简单,那在从前也是不可思议的,可是治疗手段一经发明,简直易于反掌。我本来以为,从此再也没有因为衰老而被遗弃的妇女了,再也没有松弛下垂的乳房了,再也没有带皱纹的哀怨的脸了。"

高辉已经完全失去了理解能力。

"它耗尽了我一生的青春,十五年的纯理论推想,三年的临床实验,从小白鼠到金丝猴,从刚刚死去的病人到用鲜活女孩的活体实验,终于成功了。"

"可惜,你无法看到墙上的那些照片。"女人指了一下那些漂亮女孩的照片,"我想拥有她们的容貌。"

高辉想像不到,那是一组怎样的照片。

"这些漂亮的女孩现在都已经死了,她们的皮被完整地剥了下来,她们的内脏也被我们取出。我们要提出的是一种特殊的物质,我们把它定名为 YLG 元素,不过,也许以后被世界科学定名为金月琴元素。"

3

"她们每个人都不想死,在手术前,你知道她们怎么对我说吗?她们说,求你了,你要什么? 我什么都给你,我有很多的钱。世上万金难买的是什么? 是青春。世上最难买的是青春。我要的是永生永世的青春,我要的是世上最伟大最神奇的发明,我要永远轮回的爱情,我要……"

"我想掐死你!"高辉突然静静地说。

4

"高辉,你是一个可以令世上最冷感的女人为之发狂、感动的男人。如果没有一个令自己爱得发狂的男人,女人要青春干什么用呢? 我曾经想过要名震世界医学界,在人类历史上留下自己的名字,可后来我不想了,我要追回我的青春,我要重新活一回,年轻一回,做一个真正的女人。"

"真正的女人?"

"对,像你们这一代年轻人一样,去尽情地爱,去尽情地活,再不要为了什么科学和实验而白消耗我的青春时光了。我消耗的已然太多。"

高辉静默。

突然,女人有些颠狂起来。

"我万没有想到,我的实验竟然没有完全成功! 啊——!"女人说着,突然疯狂地喊了起来,声音尖厉、刺耳,犹如夜风的呼啸。

"啊——"她的眼睛、手指、脚趾、浑身的肌肉都在努力地向外扩张着,像在经历着一次最疯狂的性爱高潮。

痛苦、怨恨、绝望、疯狂。诸如此类的词绘在这张脸上表露无遗。

在传说中,这样死去的女人在电闪雷鸣之夜是可以复活的。

对于金月琴来说,她也曾经这样死过一次,死于绝望,死于怨恨。

她本来以为她已经真的复活了,可是,她又必须要再次死去。

"为什么?"高辉问。

"我怀了你的孩子。"金月琴说。

"我听不懂。"

"这个实验没能解决这个问题,当我发现我怀孕的时候,我每天都要苍老几岁。用不了多少天,我就要回到老年了。"

"所以你决定刺瞎我的眼睛? 让我看不到你丑陋的样子?"

"你很聪明。"女人面无表情地看着高辉。

5

和高辉在一起生活的这段日子,时间虽然短暂,但对金月琴来说,却显得无比漫长,煎熬。

在高辉面前,她是"李萍萍"。

可面对自己的内心时，她又变回了金月琴。

总有一个声音在若有若无地对她说："你不是李萍萍，你是金月琴。"

这个声音让她感到恐慌。

尤其是半夜，这个声音总是把她从不安的睡梦中惊醒。

月光透过窗帘从窗外照进屋里，睡在身边的男人总是让她联想起另一个男人，高渐离。

她不想去想，可她却控制不了自己的内心。

有的时候，那些死去的女孩会睁着惊恐的眼睛来到她的梦中。

最凄厉的是李萍萍。

"你不是我，你不是我。"那个阴冷的形象对金月琴说。

"你骗了我，你骗了我。"那个李萍萍捂着自己背后的伤口。

"还我的身体，还我的信任，还我的友情……"

金月琴从梦中吓醒了。

我骗了李萍萍，她想，我失去了一份珍贵的友情，为了眼前这个熟睡的男人。

可是，我最终能和他长久吗？

我能把一切隐瞒到最后吗？

如果一切败露，他一定会离我而去，我失去的是否也太多了呢。友情，爱情，金钱，可能获得的地位。

我本该是世界上最伟大的发明家啊。

想着想着，她会没来由地恨高辉。

他睡得倒香，自己为他所做的一切，他完全不知道。

他会不会也像他的父亲一样，最终也是个负心人呢？

这样想下去，恨不得杀了眼前的男人。

可是想到自己的真实身份，她就又心虚了。

她担心又变回去了从前的自己。她担心自己变回去时自己还不知道，而眼前的男人却看得目瞪口呆的那一天。

于是，她会跑去照镜子，看到自己青春的容貌，心略微宽松了一点儿。

睡眠的时候,她会担心。洗脸的时候她会担心,担心一抬头,从镜中看到另一个自己。

那个女人满头白发,皮肤粗糙,眼神冰冷,眼角皱纹密布,眼袋像是病变的瘤子。

半夜,金月琴从床上爬起来去卫生间照镜子。

看到年轻的自己,她放下心,低头洗了把脸,再一抬头,她被吓了一跳。

从镜中,她看到高辉站在自己的身后。

她慌了,头皮发紧,浑身战栗。

立刻,她想到了死。

要死就死在一起。

对于恋人来说,拥有对方的死亡,不就意味着永生永世地不分离吗?

可是,很快她就镇静了下来。

她发现高辉也在照镜子,并没有在看自己。

高辉的眼神空洞,像是一个盲人。

更准确地说,他像是一具僵尸。

她明白了,原来,他在梦游。

她看着他在屋里转了圈,然后又僵硬地躺回到床上,呼呼地睡去了。

一个想法在她的心中产生了。

她走到床前,看着熟睡的高辉。如果他真的变成一个瞎子,不就永远看不到自己了吗?

自己的容貌不就变得不重要了吗?

反正在他失明前的记忆中,她的最后形象是美的,这就足够了。

她找出了针。

针在黑夜中,显得无比锋利,闪亮,强大,令拥有它的人感到充实。

有很多次,趁高辉熟睡的时候,她都把针握在手中,轻轻地在

186

高辉紧闭的两眼上比划。

针碰到高辉的眼球时,她感到略微有些下不去手。

她用针尖在高辉的眼睑上轻轻的抚摸着,想起自己站在手术台上的情景。那些被麻醉过的女孩也曾经显得那么安详。

她们是那么的美丽、青春,而她,是多么想成为她们中的一员啊。

6

促使她最终决定下手的理由是她在卫生间里的呕吐。她突然吐了。她竟然吐了。

那种恶心来自身体的内部,根本无法阻止。

水流声掩盖住了她呕吐的声音。

站起身来,金月琴走到镜子前,她的脸色变得异常苍白。

她怀孕了。她竟然怀孕了。

金月琴哭了,泪水无声地涌出。

作为一个女人,这是她一生中的第一次。

她不知道该为自己高兴,还是为自己悲哀。

她怔怔地看着镜中的自己。

昨夜,思前想后,终是下不去手。

她用针尖在高辉眼睑上轻轻比划了很长时间,还是把针收到了枕头下。

今天,要不要行动?

又一阵恶心从身体内部泛了上来。

她的心头升起了一种不详的预感。

那种感觉就像是实验刚刚成功时,身体处于变化中的不舒适感。

难道自己的实验并没有完全的成功?

难道这种发明不能够怀孕？

想到这里，她感到了深深的恐惧，仿佛看到了将来，不远的将来，七天或者八天，她会以一种惊人的速度衰老。那时，每天早晨照镜子都成为她的受难时刻。

她当然不想让他知道事情的真相。

怎么办？金月琴紧张地思索，悄然出走？离开了他，独自把孩子生出来？

他会找我吗？还是像李小洁失踪时那样，无所谓。

他绝对不会找到他认识的"李萍萍"的，因为容貌的改变，即使他和她面对面在街上走过，他也不会认出她的。那个苍老的挺着大肚子的奇怪女人。

不！她在内心里喊道，不要那样，不要那种情况出现。

要么杀死他，要么刺瞎他的眼睛。因为他是我的。

金月琴在心里对自己这样说。

针就在枕头底下，应该在最高潮的时候，突然刺出去。

那个时候，男人是闭着眼睛的，还是瞪着眼睛的，呵，还真的从没有注意过。

简单冲洗了一下，金月琴又仔细地照了镜子，看看自己的眼睛，看看自己的脸颊，然后控制着那种身体内的恶心，微笑着从浴室里走了出来。

7

高辉听到这里，禁不住笑了："我真是个傻瓜。女人的妩媚背后竟然是毒针。可我完全没有防范。"

女人嘿嘿地笑了。那声音就像一个苍老的男人的笑声。

高辉忍不住问："那你真的变老了吗？又变回了从前的模样？"

没有人回答高辉。

许久,依然没有任何回答。似乎那个女人突然消失了一样。

"你还在吗?"

高辉喊了声。

回答他的是一片沉寂。

这时候,高辉突然感到捆绑他双手的绳子松开了。

一双温热但皮肤松弛的手握住了高辉的手。

是那个女人的声音:"我就要死了,我想让你摸摸我的脸。"

高辉麻木的双手被牵引着向那张"脸"摸去,高辉感到,他摸到的似乎是一滩粘糊糊的脓水,又似乎那上面早已经爬满了蛆虫。

初版后记

　　我是在夜晚写作这部小说的。伴随我写作的，除了烟，咖啡，还有摇头丸，咳嗽糖浆加可口可乐，以及，各种各样不提也罢的药品。

　　所以，这部小说写飞了。

　　我认为这种方式可以对我的写作有所帮助。

　　这部小说比以往我的作品更加自由了。

　　这一点是毫无疑问的。

　　从容，流畅，顺水而下。这是我在写作之前就想好的。

　　奇中逞奇，险中涉险，也是我希望看到的效果。

　　故事像是一条七扭八拐的支流，能不能最终汇入大海，不去管它，也不重要。需要只是它在向前奔流。

　　一种快速的流淌。

　　小说定名叫《脸》，是因为在书桌的正对面，有一张印地安人的丑脸木雕。

　　在工作的过程中，有时我希望它能够变化成一张女人的面孔，或者从墙上走下来。

　　写作这部小说的起因是对两性间那种所谓"爱情"的思考。因此，小说从爱情写起，也终结在了爱情这个层面上。

　　一个男人和一个女人，他们相互确定非常爱对方，决定共同生活下去。

　　然后呢？

　　会发生什么事情？

这几乎是一个新故事的开始，可能发生的事情是多种多样，永无穷尽的。

他又爱上了另一个女人。

她又爱上了另一个男人。

于是，他们互相变得陌生，甚至仇恨。

最极端的例子是仇恨积累到了某种程度，一方动手杀了另一方。

有一种说法，认为无论如何最后会动手杀人的人都是被魔鬼附身的人，他们从一出生就注定了属于他们的命运，但是他们自己不知道，有时候，他们甚至以为自己是被上帝盖过印迹的人，也就是优秀的、出类拔萃的人，可是，当真正的命运显现的时候，他们才会发现自己是什么人，要做怎样可怕的事。

无论如何，在科技日新月异地发展的今天，在当代都市生活中，"爱情"变得越来越模糊，越来越难以把握了。

没有人会真正了解另一个人。

也没有人能够真正明确地了解自己，了解自己的内心，内心深处的真正渴望。

于是我们就在"那么地"生活着，表面上风平浪静，自以为在朝着一个目标前进。

有一天，我们发现，我们事实上早已经偏离了我们的目的，南辕北辙。

我们自以为爱上的是天使，结果却是魔鬼。

我们自以为得到的是幸福，事实却是灾难。

我们自以为我们在活着，真相却是，在多年前，我们早已经死了。

我们自以为了解世界，世界却早已抛下了我们……

恐怖,高潮的阅读体验

丁　天

　　我喜欢的小说应该有着密不透风的叙述,然后,还应该有一个奇异的故事,天地仿佛静止了,只有你的心跳声、血液的流动声和微微的喘息声,在这个时候,阅读的高潮来临了,外界任何一点响动都会惊扰你,比如突然响起的电话铃声,或者门外楼道陌生人的脚步声。这些平常的响动,会让你的心猛然收缩,很长时间无法平息下来。

　　而且,那还应该是一部并不是纯粹为了吓人、追求感官激刺的作品。它向我们描述的应该是现代生活中我们熟悉的近在咫尺的某种情感。在阅读过后,它还让我们不得不进行一种反思,我们可曾做错过什么,我们可曾忽略过什么,是什么让我们沦入万劫不复之地。

　　我以为,现实生活中,我们每个人的生活都是乏味的、困惑的,都要为生存而历尽艰辛,没有一蹴而就的成功,也没有一见钟情的相守。但文学作品给我们的却应该是一种关于生活的新的体验和认识,你所认为的幸福是不幸,你所认为的不幸是幸福,故事的演变最后与任何幸福和不幸无关,只是带给我们对生命的恐慌,对人世间是是非非因果报应的冷静判断。

　　那种小说的语言应该质朴流畅,每一环节的设置都是我们每天看到并身处其中的环境,比如:一个新建的物业小区,为之奔波的工作,几个要好的朋友,他的妻子,你的女友,电脑网络,漆黑的夜,床上的激情……故事中的主人公就是你我,随着一步步推进,我们被带进一个真实的氛围,渐渐怀疑我们身边的人也许就是这样——微笑着向你靠近,心却被仇恨笼罩!

　　我以为,科技飞速猛进的发展,给了这种小说栖息的土壤,克隆一个相同的人离我们并不遥远,而叔本华关于人的邪恶曾经这

么补充说："正因为它是邪恶的,它才是自然的,正因为它是自然的,它才是邪恶的。"我们人类与生俱来的本性构成了小说中恐怖的源泉,而使人暂时宽慰的人生场景的描写,欢乐的模糊闪现,却是恐怖滋生的温床,衬托出小说中每个人物的苦恼以及他所将有的更深的苦难。恐怖,是个深不可测的无底洞,在你恍惚意识到的时候,它将永无休止地拉你堕落,就像地心的引力……

　　我喜欢读这种感觉的小说,如果读不到,我希望我能写出这样的小说。

我为什么要去搞恐怖

丁　天

　　我为什么要去写恐怖小说？这个问题有两种回答方式。第一种，恐怖小说在中国还没有人正经八百地做过，俗话说，千招会不如一招先，瞅准这个空子，没准会一下子火起来。这是我的出版人当初劝导我的话，我听了，觉得有理，于是就想试巴试巴，万一真成了气候呢，错过了可惜。第二种回答方式，我觉得纯文学写作越来越没意思了，十几年了，都是一种圈子里写，圈内人读的状态，甚至文学工作者也几乎不再读文学作品了，不如写通俗小说有意思，自从我出了第一本恐怖小说以来，各种反馈的信息远远超过我从前的作品，无论读者是夸赞还是怒喝，都非常直接、真实，远比从前一摇三晃，一团和气的文学批评来得有意思。

　　我的第一种回答颇有点要填补国内空白的意思，说出去，朋友们都撇嘴，其实我还是真有这种雄心，除却港台，不要说恐怖小说，国内连真正像样的通俗小说都少见，文学似乎一直是肩负着他根本背不起来的各种使命，累得要吐血了，而我们的作家们只要一想到挣钱，玩把通俗，所能想到的立刻就是脱裤子，钱挣没挣到不知道，不好说，反正人算是踏踏实实地丢了。这种行势，怎么说都不能算是正常吧，西方不说了，港台出过金庸、古龙、李碧华，我们除了王朔，哪有一个像样的通俗小说家呢。王朔玩言情是圣手，走的是国产琼瑶的路子，说句实话，玩到头了，没给后来者留多少空间继续，武侠小说目前已经式微，大师早就出来了，一般人玩不起，想想，也就恐怖小说这条路了。

　　从前，我说过一句话，意思是我要做中国的斯蒂芬·金，其实，那是我的出版人逼着我说的，为的是给当时尚未出版的小说做做宣传，自从标着"国内第一部新概念恐怖小说"的《脸》散向市场以后，这话我是再也不敢提了，不过，恐怖小说我还是在写着，说出来人都不信，我确实觉得这是一事业，以后也许会出现真正的中国恐怖小说之王，也许那人就是因为看了我的小说，觉得特臭，于是非常不愤地拿起笔来要把我毙了才开始写的恐怖小说，真到了那时候，说句假话，我会感觉非常幸福，我不知道当初梁羽生看到金庸的出现，是不是和我感同身受，但意思就是这意思。够悲壮够肉麻了，这层意思就此打住，不说了。

自从《脸》出来后，好多朋友都劝我别再继续写了，比较善意的一类的意见是认为我还是适合纯文学写作，好好的去写通俗，毁手，也毁清誉，会让人误会你是严肃文学写不来了，开始自暴自弃。对于这种声音，我要坚绝地说不。为什么呢？因为他们实在是无知，谁说恐怖小说是通俗？翻翻文学史，是爱伦·坡呢，还是斯蒂文森，是玛丽·雪莱，还是切斯特顿？按博尔赫斯的话说，也只有恐怖小说才算是真正的文学，描写现实的作品才是垃圾。

还有就是一类恐怖小说迷们提的意见，他们听说我还在继续写着下一部恐怖小说，非常惊奇，认为我明知是失败还要尝试，不明智。这一类读者有点可怕，他们是从小读着西方的恐怖小说长大的，看着西方的恐怖电影懂事的，听说中国出了本土生土长的打着恐怖小说旗号的东西，拿来一看，完全不对路子，于是傻了，于是开始不认同了，刚明白点事，以为网络的出现就是给他们预备的这一代人，在"新概念恐怖小说"面前，立码又成了迷茫的一代。对于他们的意见，我也要坚绝地说不，凭什么我要写你们习惯的那类恐怖？你们习惯的那类恐怖早在VCD店里烂到家了。我知道，你们是新新人类，文学素质比较低，鉴赏能力很欠缺，不过，可以慢慢提高嘛，等你们长大了就明白了，为什么我要坚持按我的方式来写我的恐怖小说。

这是一个心灵需要慰藉的时代，所以一定要出现恐怖小说，让空虚的灵魂更加空虚。这是一个需要不断有情绪替代发泄品的时代，所以更要有恐怖小说，恐怖小说可以让你烦躁过后，得到一刻真正的安宁。在城市里泡吧的人们，胆小如鼠情欲高涨心理阳痿

脸　**FACE**

无法被满足不敢做大事却又充满不断的不切实际的幻想,他们将是未来恐怖小说的真正读者,有他们存在,你为什么还不去写恐怖小说呢? 我都开始写恐怖小说了,你为什么还不拿起笔来呢? 快写吧,真的,有好多人等着读呢。

丁天的脸

徐 坤

　　记得那还是在贵州，弯弯曲曲的盘山道上，夜行客车载着参加笔会的一行人，熬着7个小时的漫长旅程。夜幕低垂，大雨如注，终点尚还遥遥无期。煎熬不堪的人们便张罗着讲恐怖故事以互相惊吓提神儿。七嘴八舌之中，数蔫了一天一直昏睡的丁天最来劲，他比比划划，疯狂插话，一个又一个鬼故事，讲得邻座美眉捂着耳朵惊声尖叫"啊～～～～～～～"。一幢公寓楼的地基建在原来的坟地上，惊压着了鬼魂，结果那房子半夜总有鬼出没，活人住进去一个死一个；一对恋人租住一个女房东的屋子，结果，男的跟女房东结婚，女的不知去向，说是远走海南。女房东的前夫不服气，细一追究，原来两人将女房客杀死，将尸体剁碎混在水泥中抹到山墙灰上……丁天绘声绘色，描述死鬼的肢体情形，故意留着包袱猛地一抖，听得众人哆嗦，丁天却引以为乐。窗外错车的车灯偶尔闪过，照见他一张幸灾乐祸的小白脸，黑夜中看去，怎么也有点像个小鬼似的？

　　回来以后，就读到了他这本新著《脸》。原来他这热爱鬼也是有渊源的，已经悄摸悄的在书里探讨了这么半天。我在晚上拿起《脸》来看，看了个开头，就忍不住要打探个究竟，顺着看下去。这一看，就一口气把它读完了。然后就是吓得没法睡觉，赶紧起身拨号上线，整夜整夜呆在网上，直到聊天聊累了，昏昏然睡死过去，才算去掉了小说恐怖情节的视觉残留。是真吓人，不是假吓人。不信，你去在半夜三更读读试试：一个鬼魂现形复仇的故事，一个年轻女子们屡屡失踪、被剥人皮的故事，一个关于情仇、谋杀、侦破和探讨爱的真谛的故事。试想一下这么个情景：头天晚上刚刚在床上作过爱呼天抢地欲死欲仙的女友，第二天就变成公寓走廊麻袋包里被剥了人皮的血咻呼啦的女尸！吓哆嗦以后，又发现这事接

197

二连三发生，凡是跟男主人公有染、无论是睡过的鸡或爱过的恋人，没一个逃过被杀然后剥皮的命运的。你说这事能不瘆人？真相大白的结果，原来却是男主人公始乱终弃的初恋女友，以及他父亲曾爱过却被他母亲泼硫酸毁了容的老女人，二人联袂来向男主人公复仇。初恋女友冒充一个死去的女同学的名字来讨还青春之债，被毁容的老女人欲"父债子偿"，想毁掉这个跟他爹年轻时长得一模一样的俊俏风流儿子。并且，老女人作为一个世界一流科学家，正在研究一种永葆青春容颜的药物，要活剥年轻女人的皮来做药引子。

　　此情此景，能不吓人吗？能不恐怖吗？中国的恐怖小说，不能够引起读者足够注意的原因，主要是着眼点不对，吓不着人。通常能看到一些刑事侦破小说，里面夹带一些恐惧情节，但都让人害怕不起来。写作它的难度在于，作者虽然力图通过这些故事强调教化作用，但是稍微把握不好，就容易成为犯罪大全，起了教科书的作用，如同好莱坞的某些暴力影片所起的反面作用一样。丁天的这部小说，则是一部相当成熟的作品。它有足够的恐怖气氛，足够的爱情情节，足够丰富的想像力，足够逼真的细节。在语言叙事上，通晓流畅，地道的北京口语跟机灵的书面语有效结合，引人入胜，一口气读完方才罢休。尤其是在情节设置上，父子两代人对爱情的态度，他们各自不平常的情感经历，还有那种"父债子偿"的复仇谋杀模式，很能够抓人。特别是书中那些鬼魂和坏人们的作案手段，难度都比较大，在技术层面上会使活在人间的青少年无法去仿效模拟。如此一来，那些战战兢兢的家长们就无须为孩子们会因此读到一本"坏书"而担心了。丁天的《脸》，也许是发出了一个信号：也许，中国的斯蒂芬·金们就出在他们这一代年轻作家里头呢。

丁天生就是恐怖小说的料

兴 安

丁天第一次公开发表小说是在 1994 年的《北京文学》，叫《拜占庭落日》，我当时是责任编辑。后来又有著名的《幼儿园》《死因不明》《你想穿红马甲吗》等。

我非常推崇丁天的小说。我发现他的小说总与"死"有关，且经常设置一些扑朔迷离的悬念，尤其是《幼儿园》和《你想穿红马甲吗》，前者结尾小男孩的意外死亡，那个细节和场景至今让我毛骨悚然；而后者简直就是一篇非常精彩的恐怖小说了。我是个斯蒂芬·金迷，八十年代我就知道美国有这么一个"恐怖分子"；英国作家雅各布斯写的《猴爪》对我震动也很大，所以我总希望能看到中国人写一部恐怖小说，九八年的一天，我和丁天，还有女作家张人捷在青年宫的一个酒吧聊天，我希望他们每人写一部长篇，丁写恐怖，张写言情，那天谈得异常兴奋，三个人好像都喝多了酒。后来就有了现在的《脸》和张人捷的《我爱绯闻》。我看恐怖小说和电影太多了，所以恐怖神经很麻木，心理承受力也大，可以说是刀枪不入。但我深夜读了《脸》还是有些后脊背发潮，头皮发紧。我不能说丁天因此就坐上了国内恐怖小说的头把交椅，因为中国有写恐怖小说的人吗？更别说写好了。但我敢说丁天至少寻找到了吓唬读者的写作技巧，就像琼瑶找到了骗读者眼泪的技巧一样。要知道眼泪好骗，吓唬人很难。想当初王安忆想体验一次恐怖的感觉，就去电影院看了两部中国恐怖电影，之后发出的感慨是：原来要想被人吓上那么一吓，也是不容易的。

我说丁天生就是玩恐怖小说的料，只是基于他的以往的中短篇和现在的《脸》，至于写作之外的因素，我不得而知。据说斯蒂芬·金胆小如鼠，从不敢黑灯睡觉。丁天没听说胆不大，因为他吹嘘

说他五岁就曾一个人在街头公园呆了一宿，不知是真是假。另有专家分析说恐怖小说作家一般都有阴暗心理，这我还没发现，但我听说一个导演哭着喊着想让他演一个角色，说丁天长得像一个变态杀手，不信读者可以看看他最近在报刊上登的几组照片，尤其是他的招贴画上那张，我本来是想让他戏拟一下卫慧的经典姿势，谁知却歪打正着，拍出了一张精彩绝伦的恐怖剧照。看来丁天真是为恐怖小说而生的，是上帝派来吓唬人类脆弱之心的文学"恐怖分子"。

......

注：该文写于 2000 年。

来自小说深处的尖叫

赵 凝

读丁天的恐怖小说《脸》是在闷热难熬的一个夏夜。不知为何楼里忽然停电了,所以空调和一切制冷设备宣告瘫痪,我在书房里点起一支形状怪异的土红色蜡烛,在烛芯跳动的光与影之中读书。

丁天的故事讲得很从容,一开始就从我们日常生活中一个常见的场景游泳写起,"高辉喜欢游泳,与其说高辉喜欢游泳,不如说他更喜欢看游泳的女人。"在第一章"整过容的女人"中,丁天的故事以开门见山的方式紧紧地把读者抓住,他行文从容,故事讲得一波三折,恐怖的气氛如在某个角落里放出的冷气,逐渐弥漫到四周,于是,我感觉到了冷。

那个神秘的、不知是人是鬼的女主人公萧绒,在晃动的烛光中很自然地走到我面前。至于说她的容貌,我从来就没看清楚过,丁天在《脸》中,留下了极大的空白让读者想像,她那张脸时而美艳照人,时而面目狰狞,像不断变化的魔鬼的脸。

这一张可怕的、血淋淋的脸似乎就躲在暗处,躲在一个你看不见她、她却看得见你的地方。

"下一个死的是谁?"这个悬念自始至终贯穿整部小说,让人揪心。有的时候,读着读着,不禁生出一些怪念头来,这些念头像烛光以及它所产生的幻影一样飘忽不定,听到窗外有一种可疑的声音,我掀开窗帘去看,我知道那个白色的影子应该是我自己,但我还是被自己映在夜空里的影像吓了一跳,女人的长发从现实中一直延伸到小说里,我看到长发中包裹着一张恍恍惚惚的椭圆形的脸。

"我们自以为爱上的是天使,结果却是魔鬼。"
"我们自以为得到的是幸福,事实却是灾难。"

　　我看到在科技日新月异发展的今天，都市生活繁忙而纷乱的一面，爱情是匆忙而无法把握的，小说中的男主人公高辉与一个陌生女人肌肤相亲了两夜，却还没有搞清对方到底是谁。

　　爱与欲念、欲念与恐惧交织在一起，使我们在生活中彻底昏了头，我们找不到方向，找不到所谓的爱情，我们不断怀疑自己，内心虚弱，慌张，自我折磨，我们时而把自己看得很强大，时而又把自己看得很弱小。我们只敢跟电脑游戏里的"敌人"较量，把他们杀得头破血流，而在现实中我们却一无所有，我们害怕黑暗，害怕独处，甚至没缘由地害怕起自己的影子来。

　　萧绒的容貌在我眼前逐渐清晰起来，"我会再来找你的"，她说。她的脸像一幅快速切换的画面，眨眼之间变丑变老，生命无常，谁又知道明天将会发生什么？

　　我们因小说的精彩而尖叫，或者边哭泣边微笑。文学是那么迷人，只有文学才能让你在枯燥刻板的现代生活中真正地"飞"起来。

一张模仿不了的脸

周江林

一个小试验

不知道你有没有这样的感觉？你结婚了，爱人漂亮、迷人，家庭幸福、美满，一句话什么都不错。可是有一天，你半夜从床上醒来，凝视一旁熟睡的爱人那张太熟悉不过的脸，就这么看上三分钟，会突然产生一种陌生感，你越是凝视她，越是觉得陌生，最后竟会毛骨悚然。

其实，那张爱人的脸没变，变的是你的心。

恐惧一般往往就在你熟悉中间。

恐惧同肾上腺有关。而肾上腺敏感的人喜欢爱情悲剧。

丁天的小说《脸》同时兼有以上两大元素。

一张真正的脸带着一个时代的偏见

问题出来了，什么是"真正的脸"？我想，这是因为由于脸和表情联系一起，所共同体现出来的特征。换句话说，单纯就脸谈人的状况，或者就表情谈故事，这似乎成了脸谱学，至少是武断的。这样做，容易归档，将迷人的细节抽去，什么都成了可谈论的。而我以为，能够被什么人，什么场合都可谈论的部分往往可疑，或者是一种轻蔑和不负责任。这样的脸充斥我们城市的各种显著场所。如命运一样，不能说谁不会与命运无关，但有的人所谓的命运根本不值得去关注，相反，一个似乎与时代"断裂"的人的命运，在他身上却令人惊讶地带着那种可以被称作"历史"的东西。同样，并不是每张脸都能被记住或值得牢记的。而丁天这张"脸"——我是说这本小说至少不能让人忽视，原因很简单，他的表情就是带着一个时代的偏见。

比如莫名的职业——泡妞——失恋——逃跑——偷情——凶杀——恐惧，或者还可以引出诸如此类的现代都市人的问题。而重要的是，丁天的"脸"色正汇聚着这样那样的神情。这就值得让人回味了。

《脸》看起来并不怎么文化

一部小说怎么能与文化扯在一起？这是它的"弱项"。虽然，这部小说有严肃的模样，似乎仅仅写一个男人爱一个女人的故事，就这么简单。但是只要一涉及到"爱"就无法简单起来，并且那个女人怀着一种"恨"去爱一个男人，这种爱情就会同十九世纪以前经典联系一起，这样会让一部分读者厌倦。幸好，这部《脸》不落入那样的套数，它另辟蹊径，它是一部"恐怖"小说。但它又关涉幸福、怀疑的主题，比如丁天说了，我们自以为爱上的是天使，结果却是……我们自以为得到了幸福，事实是……我们自以为活着，真相却是……

写小说同这个人的个体有关，什么样的人写出什么样的小说。

写小说同环境有关，黑夜里写的小说容易弄得神神鬼鬼，白天写的小说具有批评性，《脸》是丁天晚上写的，为此带点凶兆也很正常。但它却提炼着一种未知的光亮。从外部来凝视那种黑暗。我这样说，似乎在谈论欧洲小说。《脸》反正不像一部中国孩子写成的东西。它的骨质较硬。有时候，我读着，担心它突然飞起来。

《脸》的寓言

我们的生活动荡吗？

周围没人回答这个问题。

我还是看出了高辉（《脸》的男主角）是个心不在焉的家伙，只有在这样的人身上，故事和灾难才会层出不穷地堆积起来。这样的人物不会是从中国传统中提炼出来，如果说他一定来自"生活"的话，他可能来自我们60、70年代午后光线的街道，他慢悠悠地走来。他应该与我们是有距离的，说得更确切些，高辉与我们之间存在着一种"间隙"。这样的人我始曾相识,恍惚中,我认为对应他的女子(萧绒)很优雅,她会突然在木楼梯上崴了一下脚,皱着眉头在那里等着。她一等就是漫长的一生。可高辉的等待却"惨"了,他等到了被欺骗,被揭开无穷长辈的纠缠不清的树叶在这个秋天落满肩头。

《脸》好像是一个寓言。什么样的女人不可碰,这是几千年来问题。

如果我们太轻松,遇上一点事,会焦虑,会人格分裂。就让《脸》帮我们清理一些现实和幻觉之间的东西吧。

《脸》不合乎一种信仰

尽管有时候,一个人会通过深信什么,来确定他并没有失去希望。可是在一些人身上是没有"命运"的,至少他体现不了命运。这样的人物一般被真正的文学作品所不屑。高辉也许就是这样的人,于是,高辉被涉及到一部"鬼怪小说"

或"侦探小说"是最合理不过的人选了。表面上看来,是丁天的一种巧合,但我毋宁说这是丁天精明之处:为什么我要像你们"以为"那样写,我按照我愿意的方式这样写,我觉得很好。这就对了。没有了刻意,写着写着就成为一部具有"鬼怪+侦探"的小说了,因为这样写舒服,这样写也好看。

漂亮的东西不会很美。

规矩的东西缺少伤人的力量。

在《脸》中,高辉很不确定,萧绒只是他心头一个十五年来无法解开的郁结,原因其一是萧绒很美,其二是萧绒曾经拒绝了自己。为此,当萧绒再次出现时,高辉的弱小依旧弱,他没有办法。

美丽女子接二连三地被谋杀是个诱饵——传统侦探小说或电影的方式,当重新相爱的萧绒被告知多年前已经死去,表面上故事更加跌宕起伏,其实聪明的读者很清醒,故事应该这样而不是那样。

所幸的,丁天的《脸》并不仅仅在那种"线形"意义上较劲,他并

脸　FACE

不单纯在写一部情节恐怖的小说，而是在述说本文开头那种东西：有一天，你发现熟睡身边的人的脸，不仅仅陌生还有点狰狞。这就是恐惧的高度。

为此，此书被称之为国内第一部"新概念恐怖小说"就有道理了。

在多年以前，其实我们早已经死了。